AF367988

JACK LONDON

LA PATRULLA PESQUERA

Colección URSA MAIOR

LA PATRULLA PESQUERA
1.ª edición, 2006
2.ª edición, 2011

© de esta edición: ICG Marge, SL
Traducción cedida por Editorial Laertes
Fotografías de la cubierta: imágenes del velero *Rafael Verdera,* botado en 1851,
cedidas por Pablo Azorín

Edita: Marge Books - València, 558, ático 2.ª - 08026 Barcelona
www.marge.es - Tel. +34-932 449 130 - Fax +34-932 310 865

Director: David Soler
Gestión editorial: Hèctor Soler, Anna Palacios, Laura Matos
Edición: Beatriz García
Impresión: Més Gran Serveis Gràfics i Digitals (Santa Coloma de Cervelló, Barcelona)

ISBN: 978-84-15340-23-2
Depósito Legal: B-

JACK LONDON

LA PATRULLA PESQUERA

NOTA DEL EDITOR

LA PATRULLA PESQUERA es un relato que llega a nuestros días con una inusitada vigencia y nos invita a reflexionar sobre la explotación y la conservación de los recursos naturales.

En esta obra, Jack London superpone de tal modo vida y literatura que las breves narraciones que nos ofrece son un retrato vivo y realista de los episodios que vivió y los personajes que conoció entre los años 1891 y 1892 cuando, siendo él muy joven, formó parte de un grupo de hombres que tenía por misión perseguir la pesca furtiva en la bahía de San Francisco.

PAÑUELO AMARILLO
(White and Yellow)

LA bahía de San Francisco es tan vasta que a menudo sus tempestades se revelan más desastrosas para los grandes navíos que las que desencadena el propio océano. Sus aguas albergan toda clase de peces y, por ello, las surcan continuamente barcos de pesca pilotados por pescadores de distintas procedencias. Para proteger a la fauna marina contra una población flotante tan abigarrada se han promulgado unas leyes llenas de sabiduría, y una Patrulla Pesquera vela por su cumplimiento.

La vida de los patrulleros no carece ciertamente de emociones: muchos de ellos han encontrado la muerte en el cumplimiento de su deber, y un número todavía más considerable de pescadores, descubiertos en flagrante delito, ha caído bajo las balas de los defensores de la ley.

Los pescadores chinos de gambas se encuentran entre los más intrépidos de estos delincuentes. Las gambas viven en grandes colonias y se arrastran sobre los bancos de fango. Cuando coinciden con el agua dulce en la desembocadura de un río, dan media vuelta para volver al agua salada. En estos sitios, cuando el agua se extiende y se retira con cada marea, los chinos sumergen grandes buitrones: las gambas son atrapadas y seguidamente llevadas a la marmita.

En sí misma, esta clase de pesca no sería ilegal, si no fuera por la estrechez de las mallas de las redes empleadas; la red es tan apretada que las gambas más pequeñas, las que acaban de nacer y que ni tan siquiera miden un centímetro de largo, no pueden escapar. Las magníficas playas de los cabos San Pablo y San Pedro, donde hay pueblos enteros de pescadores de gambas, están infestadas por la peste que producen los desechos de la pesca. El papel de los patrulleros consiste en impedir esta destrucción inútil.

A los dieciséis años yo ya era un buen marino y navegaba por toda la bahía de San Francisco a bordo del *Reindeer*, un balandro de la Comisión de Pesca, ya que entonces yo pertenecía a la famosa patrulla.

Después de un trabajo agotador con los pescadores griegos de la parte superior de la bahía, donde demasiado a menudo el destello de un puñal resplandecía al comienzo de una trifulca, y donde los infractores de la ley no se dejan reducir más que con el revólver bajo la nariz, acogimos con gozo la orden de dirigirnos un poco más hacia el sur para apresar a los pescadores chinos de gambas.

Éramos seis en dos barcos y, con el fin de no despertar ninguna sospecha, esperamos al crepúsculo antes de ponernos en ruta. Lanzamos el ancla al abrigo de un promontorio conocido bajo el nombre de cabo Pinole. Cuando los primeros resplandores del alba palidecían en Oriente, emprendimos de nuevo nuestro viaje y, ciñendo estrechamente el viento de tierra, atravesamos oblicuamente la bahía hacia el cabo San Pedro. La bruma matinal, espesa por encima del agua, nos impedía ver cualquier cosa, pero nos calentábamos tomando café hirviendo. Como era habitual, debimos entregarnos a la ingrata tarea de achicar el agua de nuestro barco; en efecto, se había abierto una vía a bordo del *Reindeer*. Aún ahora no me explico cómo se había producido, pero pasamos la mitad de la noche desplazando lastre y explorando las juntas, sin hacer ningún progreso. El agua continuaba entrando; tuvimos que doblar la guardia en la cabina y continuamos achicándola por la borda.

Después del café, tres de nuestros hombres subieron a la otra embarcación, una barca para la pesca del salmón, y sólo nos quedamos dos en el *Reindeer*. Los dos barcos navegaron juntos hasta que el sol apareció en el horizonte dispersando la bruma: la flotilla de pescadores de gambas se desplegaba en forma de media luna, cuyas puntas distaban cinco kilómetros una de otra. Cada junco estaba amarrado a la boya de una red para gambas. Pero nada se movía y no se distinguía ningún signo de vida.

Pronto adivinamos lo que se preparaba. En espera de que hubiera mar plana para sacar del agua las redes llenas de peces, los chinos dormían en el fondo de sus embarcaciones. Ante esa posible circunstancia, trazamos en seguida un plan de batalla.

—Que cada uno de tus dos hombres ataque uno de los juncos —me susurró Le Grant desde el otro barco—. Tú salta sobre un tercero. Nosotros haremos lo mismo y nada nos impedirá coger por lo menos seis juncos a la vez.

Nos separamos. Puse al *Reindeer* de la otra amura y corrí a sotavento de un junco. Al acercarme, oculté la vela mayor, disminuí la velocidad y conseguí deslizarme bajo la popa del junco, tan lentamente y tan cerca que uno de mis hombres saltó a bordo. Después me dejé llevar, la vela mayor se hinchó y me dirigí hacia un segundo junco.

Hasta aquí, todo había sucedido muy silenciosamente, pero del primer junco capturado por el barco de mis compañeros surgió una gresca: gritos agudos en lengua oriental, un tiro y nuevos aullidos.

—La mecha se ha encendido. Están avisando a sus camaradas —me dijo Georges, el otro patrullero que se encontraba a mi lado en la cabina del timón.

Nos encontrábamos ahora en el centro de la flotilla y la noticia de nuestra presencia se había propagado a una velocidad increíble. Los puentes hormigueaban de chinos medio desnudos y apenas despiertos. Los gritos de alarma y los alaridos de cólera flotaban sobre el agua tranquila, y muy pronto nos llegó el sonido de una caracola marina. A nuestra derecha, el capitán de un junco, armado con un hacha, cortó la amarra y después corrió a ayudar a los hombres de su tripulación a izar su extraordinaria vela de tercio. Pero a nuestra izquierda, en otro junco, los pescadores apenas empezaban a aparecer sobre el puente. Dirigí el *Reindeer* hacia aquella embarcación, lo bastante lentamente como para permitir que Georges saltase a bordo.

En aquel momento, toda la flotilla estaba en movimiento. Además de las velas, los chinos habían sacado largos remos y la bahía estaba surcada en todos los sentidos por juncos que huían. A partir de entonces me quedé solo a bordo del *Reindeer*, tratando febrilmente de capturar un tercer junco. El primero que intenté atrapar se me escapó sin ningún esfuerzo, ya que izó a fondo sus velas y avanzó con el viento de manera sorprendente. Entraba a barlovento con algo más de medio cuarto que el *Reindeer* y por ello mostré cierto respeto por aquel esquife privado de gracia. Comprendiendo la inutilidad de la persecución lo dejé ir, tiré de la escota de la vela mayor y me dirigí rápidamente hacia los juncos que estaban a sotavento, donde la ventaja estaba de mi parte.

El que había escogido flotaba de manera indecisa ante mí y, cuando yo borneaba ampliamente para hacer un abordaje perfecto, se dejó ir bruscamente, el viento infló sus velas y partió con decisión, mientras los mongoles, inclinados sobre los remos, salmodiaban en cadencia un ritmo salvaje. Pero no me cogieron desprevenido. Orcé rápidamente. Empujando todo el timón hacia el viento y manteniéndolo en esta posición con mi cuerpo, tiré progresivamente de la escota de la vela mayor intentando conservar la mayor potencia posible. Los dos remos de estribor del junco toparon con estrépito. Parecido a una mano gigante, el bauprés del *Reindeer* alcanzó el puente por debajo y barrió el mástil achaparrado y la vela desproporcionada del junco.

Al instante sonó un grito de los que te hielan la sangre. Un chino gordo de aspecto terrible, con la cabeza envuelta en un pañuelo de seda amarillo y la cara picada de viruela, clavó un largo bichero en la proa del *Reindeer* y se dispuso a separar las dos embarcaciones. Haciendo una pausa suficientemente larga para dejar caer el foque, en el momento en que el *Reindeer* se separaba y empezaba a retroceder, salté sobre el junco con un trozo de cuerda y lo amarré sólidamente. El hombre del rostro picado y con el pañuelo de seda amarillo avanzó hacia mí, con aire amenazador; metí la mano en el bolsillo de mi pantalón y vaciló. Yo no iba armado, pero los chinos han aprendido a desconfiar de los bolsillos de los americanos, y yo ya contaba con esto para mantenerlo a distancia, como a su feroz tripulación.

Le ordené que tirara el ancla en la popa del junco, a lo que respondió:

—No comprender.

Los otros hombres de la tripulación respondieron en los mismos términos, y por más que yo les explicase claramente por signos lo que deseaba, se obstinaban en no comprender.

Adivinando la inutilidad de toda discusión, me acerqué a la parte delantera del barco y yo mismo tiré el ancla.

—¡Que cuatro de vosotros suban a mi barco! —ordené en voz alta, indicando con mis dedos que cuatro de ellos debían seguirme y que el quinto debía permanecer en el junco.

El hombre con el pañuelo amarillo titubeó, pero yo repetí la orden en tono amenazador —exagerando mi cólera— y al mismo tiempo me llevé la mano al bolsillo. De nuevo, él se mostró intimidado y, con aire sombrío, condujo a tres de sus hombres a mi barco. Largué las velas rápidamente y dejando el foque abatido emprendí la carrera hacia el junco de Georges. De esta manera la tarea resultaba más fácil; aparte de que éramos dos, Georges poseía un revólver que podía sernos útil si las cosas se complicaban. Como acababa de hacer con la tripulación del junco que atrapé, cuatro de los chinos apresados por Georges subieron a mi balandro y sólo uno permaneció en el junco.

Del tercer junco, otros cuatro chinos se sumaron a nuestra lista de pasajeros. Por su parte, el barco de nuestros colegas había recogido a sus doce prisioneros, y vino a situarse a nuestro lado con su pesada carga. Su situación era peor que la nuestra, debido a que el barco era muy pequeño y los patrulleros se mezclaban entre sus prisioneros y, en caso de rebelión, les hubiera sido muy difícil restablecer el orden.

—Es absolutamente necesario que nos ayudes —me dijo Le Grant.

Yo miraba a mis prisioneros, que se habían refugiado en la cabina y sobre el techo de la misma.

—Puedo tomar tres —le respondí.

—Vamos, coge cuatro, y Bill vendrá aquí —sugirió el otro (Bill era el tercer hombre de la patrulla)—. Aquí estamos apretados como sardinas y, si hay una pelea, un blanco contra dos amarillos es demasiado.

Tras producirse el intercambio, Le Grant izó la tarquina y dirigió su barco hacia el sur de la bahía a través de las marismas de San Rafael. Instalé el foque y puse al *Reindeer* en la misma dirección.

San Rafael, donde debíamos poner a nuestros prisioneros en manos de las autoridades, comunicaba con la bahía por un largo canal fangoso, tortuoso y cenagoso, navegable solamente con marea alta. La mar ya estaba plana, y como el reflujo comenzaba, había que darse prisa si no queríamos esperar medio día hasta la siguiente marea.

Con la salida del sol, la brisa de tierra se había debilitado y no nos llegaba sino lentamente. El salmonero sacó sus remos y pronto nos dejó atrás. Algunos de mis chinos permanecían en la parte anterior de la cabina del timón, cerca de sus puertas. En un momento dado, cuando me inclinaba sobre el barandal de la cabina, para ceñir el foque desinflado, noté que alguien frotaba su cuerpo contra mi bolsillo.

Simulé que no me daba cuenta, pero por el rabillo del ojo constaté que el hombre con el pañuelo amarillo acababa de descubrir el vacío de aquel bolsillo que hasta entonces le había mantenido a raya.

Durante todo el tiempo que había durado el abordaje de los juncos habíamos dejado de achicar el agua del *Reindeer*, y ahora ésta invadía el suelo de la caseta del timón. Los pescadores de gambas me mostraban el agua y me miraban con aire interrogante.

—Sí, dentro de poco nos hundiremos todos, si no os dais prisa en achicar este agua. ¿Comprendido?

No, no «comprendían», o al menos así me lo hicieron saber por medio de cabeceos, mientras discutían mi orden entre sí y en su propia lengua. Levanté tres o cuatro planchas, cogí un par de cubos pequeños de un armario y a través del lenguaje infalible de los signos les ordené poner manos a la obra. Pero estallaron en risas; algunos entraron en la cabina y otros treparon al techo.

Sus burlas no auguraban nada bueno; contenían algo de amenaza, una maldad que se reflejaba en sus miradas sombrías. Desde que el hombre con el pañuelo de seda se había dado cuenta de que el bolsillo de mi pantalón estaba vacío se mostraba más arrogante, se deslizaba entre los otros prisioneros y les cuchicheaba consignas con un aire muy serio.

Reprimiendo mi despecho, bajé hasta la cabina del timón y me puse a achicar, pero apenas había empezado cuando la botavara se balanceó sobre mi cabeza, la vela mayor se infló dando una sacudida y el *Reindeer* se inclinó.

El viento de la mañana se anunciaba. Georges no era un marinero muy curtido, y tuve que abandonar mi cubo para ocuparme del timón. El viento soplaba directamente del cabo San Pedro y de las altas montañas que se levantaban detrás del mismo, por lo que se anunciaba sin duda un vendaval; la brisa inflaba por momentos la vela y en otros la sacudía perezosamente.

Pocas veces he encontrado un tipo tan incapaz como aquel Georges. También hay que decir que se encontraba bastante incapacitado, ya que estaba enfermo del pecho, y yo sabía que si debía achicar el agua corría el riesgo de sufrir una hemorragia. Entre tanto el agua subía de nivel y era necesario tomar una decisión a cualquier precio. Ordené de nuevo a los pescadores de gambas que nos ayudaran a vaciar el agua. Se reían con aire desafiante, y los que se encontraban en la cabina con el agua hasta las rodillas mezclaban sus risas burlonas con las de sus compañeros encaramados en el techo.

—Sería mejor que sacases tu revólver para obligarles a achicar —le advertí a Georges.

Pero él movía la cabeza y no hacía más que evidenciar su espanto. Los chinos veían tan bien como yo su falta de autoridad, y su insolencia se hacía cada vez más insoportable. Los de la cabina abrieron el armario de las provisiones, los que estaban sobre el techo bajaron para unirse a ellos y entregarse a una comilona a costa de nuestras galletas y latas de conserva.

—¿Y qué puede importarnos eso? —me dijo Georges con voz doliente.

Yo pataleaba de cólera.

—Si escapan a nuestro control, será demasiado tarde para contenerlos. Lo mejor sería obligarles a obedecer en seguida.

El agua continuaba subiendo y las rachas de viento, presagio de una fuerte brisa, aumentaban su violencia. Los prisioneros, tras deborar nuestras provisiones de una semana, se pusieron a correr de un lado para otro de tal modo que el *Reindeer* se balanceaba como la cáscara de una nuez.

El hombre con el pañuelo amarillo se acercó a mí y, señalándome con el dedo su pueblo sobre el arenal de San Pedro, me hizo comprender que si ponía rumbo a esa dirección y les conducía a tierra, a cambio sacarían el agua del barco. En aquellos momentos ésta llegaba ya a las literas de la cabina y las mantas estaban empapadas. Sin embargo me negué. Georges no conseguía ocultar su temor.

—Si no te muestras más enérgico, se abalanzarán sobre nosotros y nos arrojarán por la borda —le hice ver—. Si quieres salvar el pellejo, pásame tu revólver.

—Lo mejor sería dejarlos en tierra —murmuró tímidamente—. No quiero ahogarme por un puñado de sucios chinos.

—Pues yo no cederé ante un «puñado de sucios chinos» —repliqué vigorosamente.

—En este caso —gimió—, vas a hundir el *Reindeer*, y a nosotros con él. ¿De qué te servirá?

—Cada uno tiene su opinión.

No replicó, pero le vi temblar de una manera lastimosa. Entre los chinos amenazantes y el agua que nos invadía, el miedo le paralizaba. Más que a los chinos y al agua, yo temía a Georges y a las decisiones que pudiese adoptar bajo la influencia del miedo. Lanzaba desesperadas miradas hacia el minúsculo bote amarrado en la parte posterior, así que en la calma subsiguiente icé a bordo la pequeña embarcación. Entonces vi el brillo de sus ojos con esperanza, pero antes de que adivinara mi intención, abrí el casco de un hachazo y el agua inundó el bote hasta la borda.

—¡Nos hundiremos o nos salvaremos juntos! —le dije—. Dame ese revólver y yo me encargo de hacer vaciar el *Reindeer* en un abrir y cerrar de ojos.

—Son demasiados —se lamentó—. ¿Qué podemos hacer contra una banda como ésta?

Descorazonado, le di la espalda. Hacía ya rato que habíamos perdido de vista el salmonero, disimulado por un pequeño archipiélago llamado las islas Marinas; no podíamos, pues, esperar ninguna ayuda por aquel lado. Pañuelo Amarillo vino hacia mí con descaro, el agua de la cabina chapoteando entre sus piernas. La expresión de su cara no me decía nada bueno. Tras la amable sonrisa que esgrimía se escondían oscuras intenciones. Le ordené retroceder en un tono tan perentorio que obedeció inmediatamente.

—Mantente a esa distancia y no te acerques.

—¿Por qué? —preguntó, indignado—. Yo poder hablar-hablar muy bueno.

—Hablar-hablar —repetí en tono amargo. (En ese momento, yo sabía que había comprendido lo que había ocurrido entre Georges y yo.)— ¿Por qué hablar-hablar? No sabes inglés.

Esbozó una débil sonrisa.

—Sí, yo mucho saber hablar. Yo chino honrado.

—Bueno —respondí—. Tú saber hablar-hablar. Pues va, saca el agua mucho-mucho. Después, ya hablaremos.

Movió la cabeza, señalando con el dedo a sus compañeros por encima del hombro.

—No poder. Muy malos chinos, muy malos. Creo... mm...

—¡Atrás! —exclamé.

Acababa de darme cuenta, en efecto, de que la mano del hombre había desaparecido bajo su blusa y que su cuerpo se tensaba para saltar.

Desconcertado, volvió a la cabina a parlamentar con sus camaradas, a juzgar por el parloteo resultante.

El *Reindeer* continuaba hundiéndose y sus movimientos eran cada vez más desordenados. Con un fuerte oleaje, se hubiera hundido inevitablemente, pero el viento, cuando soplaba, venía de tierra y apenas rizaba la superficie de la bahía.

—Creo que harías bien en ganar la orilla —me dijo Georges de repente.

El tono de su voz indicaba que su miedo le impulsaba a actuar.

—No soy de tu opinión —respondí brevemente.

—¡Te lo ordeno! —exclamó, autoritario.

—Mi misión es conducir a estos prisioneros a San Rafael —repliqué.

Al ruido de nuestro altercado, los chinos salieron corriendo de la cabina.

—Ahora, ¿vas a volver a tierra?

Georges se atrevía a hablarme así, y apuntaba hacia mí el cañón de su revólver... del revólver que, por cobardía, no había utilizado para hacer obedecer a los chinos.

Un raudal de luz iluminó mi cerebro. La situación, en sus mínimos detalles, se precisaba netamente ante mí: la humillación de dejar escapar a los prisioneros, la defectuosa explicación que debería dar a Le Grant y a los demás patrulleros, la inutilidad de mis esfuerzos y el vergonzoso fracaso en el momento en que iba a conseguir la victoria. Por el rabillo del ojo veía a los chinos reunidos en la puerta de la cabina, saboreando ya su triunfo.

Aquello no iba a quedar así.

Levanté la mano y agaché la cabeza. El primer gesto tuvo por efecto desviar el cañón del revólver, y el segundo poner mi cabeza a salvo de la bala que fue a silbar detrás de mí. Pegué un salto. Una de mis manos se crispó sobre el puño de Georges mientras la otra agarraba el arma. Pañuelo Amarillo, seguido de su banda, se abalanzó hacia mí.

No era momento para titubeos.

Con toda mi energía, empujé a Georges hacia delante y me eché hacia atrás prontamente, arrancándole así el arma de la mano y haciéndole perder el equilibrio. Se desplomó contra las rodillas de Pañuelo Amarillo, que cayó de cabeza sobre él y los dos hombres rodaron por el agujero del suelo de la cabina habilitado por mí para poder achicar el agua.

Un instante después apunté con el revólver a aquellos salvajes pescadores de gambas, que retrocedieron asustados.

No tardé en calibrar toda la diferencia que existe entre el hecho de abatir a unos hombres que atacan, y el de disparar sobre unos prisioneros sólo culpables de desobediencia.

Cuando les había pedido que vaciaran el agua del agujero, no habían querido oír nada, e incluso bajo la amenaza del revólver, estos individuos permanecían sentados, impasibles, en la cabina inundada o sobre el techo, y oponían una fuerza de inercia increíble.

Pasaron quince minutos. El *Reindeer* se hundía cada vez más, y la vela mayor ondeaba en la calma. Pero a la altura del cabo San Pedro, divisé una línea oscura encima del agua que se acercaba a nosotros. Era la buena brisa que desde hacía tanto rato esperaba.

Se la enseñé a los chinos. La acogieron con gritos de alegría. Entonces les señalé con el dedo la vela y el agua que había a bordo; por medio de signos les hice comprender que cuando el viento hinchase la vela, el agua haría zozobrar el barco. Pero me respondieron con una risa burlona desafiante, ya que sabían que no dejaría de orzar, de largar la escota de la vela mayor y, dejándola flamear, se evitaría la catástrofe.

Entre tanto yo ya había tomado mi decisión. Contrariamente, cacé la escota uno o dos pies, la enrollé a la cornamusa con una vuelta y, apoyándome sobre los pies, sostuve el timón con la espalda.

Así puede manipular la escota con una mano y, con la otra, sostener el revólver. La línea oscura se acercaba cada vez más y los chinos dirigían sus miradas unas veces hacia esa dirección, otras veces hacia mí con un temor que ahora eran incapaces de disimular.

Mi inteligencia y mi fuerza de voluntad entraban en conflicto con las suyas: faltaba saber quién, si ellos o yo, soportaría más tiempo la amenaza de una muerte inminente y cedería primero.

El viento se abatió sobre nosotros. La vela mayor se puso tiesa con un brusco rechinamiento de los motones, la botavara se enderezó, luego la vela se hinchó y el *Reindeer* se inclinó hasta tal punto que la borda no tardó en sumergirse en el agua. La inclinación continuó acentuándose y una parte del puente, seguida de las portillas de la camareta, se sumergieron a su vez. Al mismo tiempo las olas se estrellaron por encima del barandal de la caseta del timón. Dentro de la cabina, los hombres, arrojados violentamente unos contra otros, rodaron hacia un lado en un revoltijo inexplicable; los que estaban debajo corrían un serio peligro de asfixiarse.

Tras aumentar ligeramente la brisa, el *Reindeer* se inclinaba aún más. Hubo un momento en que creí que zozobraba. Otra racha de viento y adiós a mi balandro. Mientras mantenía mi barco y me preguntaba si al fin cedería o no, los chinos imploraron piedad.

Nunca una melodía tan dulce había llegado a mis oídos.

Sólo entonces, y no antes, orcé y aflojé la escota de la vela mayor. El *Reindeer* se enderezó muy lentamente y cuando hubo recuperado el equilibrio estaba tan hundido en el agua que dudé de poderlo salvar. Los chinos se precipitaron dentro de la caseta del timón y se pusieron a achicar con cubos, potes, ollas y todo lo que caía en sus manos.

¡Qué magnífico espectáculo! El agua volaba por encima de la borda. Y cuando el *Reindeer*, una vez más, se levantó orgulloso sobre la superficie de la bahía, llevado por la brisa, emprendimos rápidamente la marcha sobre nuestra aleta, atravesamos por los pelos los bancos de fango y penetramos en el estrecho canal.

Todo espíritu de revuelta había muerto en los chinos; se habían vuelto tan obedientes que antes de llegar a San Rafael se ocupaban del remolque, con Pañuelo Amarillo dando el ejemplo.

En cuanto a Georges, éste fue su último viaje con la Patrulla Pesquera. Esta clase de deporte no le entusiasmaba, explicó; un trabajo de chupatintas en San Francisco se adaptaba mejor a sus gustos.

Nosotros compartimos plenamente su opinión.

EL REY DE LOS GRIEGOS
(The King of the Greeks)

A LEC el Fuerte nunca se había dejado coger por la Patrulla Pesquera. Se vanagloriaba de que no le cogeríamos vivo, y contaba a todo aquel que quisiera escucharle que, de todos los que habían intentado capturarle, ninguno lo había conseguido, y que dos hombres que esperaban volver a tierra con su cadáver habían perecido en el mar. Sin embargo, nadie violaba las reglas de la pesca de manera tan sistemática y desvergonzada como Alec el Fuerte.

Le llamaban así a causa de su gran anchura de pecho. Medía más de 1,90 de alto, y la anchura de sus hombros y la profundidad de su pecho completaban esa medida. Era prodigiosamente musculoso y sólido como el acero; un número incalculable de anécdotas sobre su extraordinaria fuerza circulaban entre los pescadores. Tan audaz y dominante era como robusto su cuerpo; también se le conocía por otro nombre: El Rey de los Griegos.

La población de pescadores, compuesta en su mayoría por griegos, se pusieron bajo su protección y le obedecieron como a un jefe. Como tal, él defendía sus derechos, les amparaba con su influencia, les arrancaba de las garras de la ley cuando por desgracia les pillaban en falta y, en los momentos de peligro, les enseñaba a unirse en la lucha.

En otro tiempo la patrulla había intentado arrestarle y, después de varios fracasos, había renunciado a ello; por eso, desde que me enteré de que El Rey de los Griegos llegaba a Benicia, deseé ardientemente verlo. No tuve que buscarle mucho tiempo. Con su audacia habitual, tan pronto llegó nos hizo una visita. En aquella época, Charley Le Grant y yo trabajábamos a las órdenes de un tal Carmintel; los tres nos encontrábamos a bordo del *Reindeer* y nos estábamos preparando para hacer una ronda de inspección cuando Alec el Fuerte saltó sobre el puente. A todas luces, Carmintel le conocía: se estrecharon la mano como personas que se habían visto anteriormente. Alec el Fuerte no nos prestó ninguna atención ni a Charley ni a mí.

—He venido aquí para pescar el esturión durante uno o dos meses —anunció a Carmintel. Sus ojos brillaban desafiantes, y vimos que nuestro jefe bajaba los suyos bajo la mirada arrogante del visitante.

—Entendido, Alec —dijo Carmintel en voz baja—. Te dejaré tranquilo. Entra en la cabina y lo hablaremos más detenidamente —añadió.

Cuando hubieron cerrado la puerta de la cabina tras ellos, Charley me miró significativamente. Demasiado joven aún en aquella época, no conocía muy bien a los hombres ni los procedimientos que algunos utilizaban entre sí, por lo que no comprendí lo que Charley había querido decirme. No me dio ninguna explicación, pero yo me olía algo turbio en aquel asunto.

Dejándolos en su reunión, bajamos al bote y nos fuimos al muelle del viejo vapor, donde estaba amarrada el arca de Alec el Fuerte. Un arca es una pequeña gabarra de fondo plano habilitada como vivienda, llamada también *house-boat*. Este tipo de barco, que se parece bastante al arca de Noé, es tan necesario a los pescadores de la bahía superior como lo son sus redes y sus botes.

Todos nos moríamos de ganas de ver de cerca el arca de Alec el Fuerte, pues decían que había sostenido más de una batalla y que su casco estaba acribillado por los agujeros dejados por las balas.

Vimos en efecto los agujeros (taponados con clavijas de madera pintadas), pero no eran tan numerosos como me figuraba. Charley se echó a reír ante mi desengaño. Para consolarme, me contó el relato auténtico de una expedición dirigida contra la casa flotante de Alec el Fuerte. Los hombres tenían por misión capturarlo vivo preferiblemente, o muerto si era necesario. Tras media jornada de lucha, los patrulleros se retiraron con sus embarcaciones en un lamentable estado, llevando consigo un muerto y tres heridos.

Al día siguiente por la mañana volvieron con refuerzos, y no encontraron más que los postes de amarre del arca de Alec el Fuerte; la barca permaneció escondida entre los altos juncos de Suisun durante meses.

—¿Por qué no lo han colgado por asesinato? —pregunté—. Estados Unidos es lo suficientemente fuerte como para hacer comparecer a este hombre ante la justicia.

—Él mismo se entregó y el juicio tuvo lugar —respondió Charley.

A Alec el Fuerte le costó cincuenta mil dólares ser absuelto, ya que tuvo que procurarse los servicios de los mejores abogados, que lo sacaron de allí gracias a sus hábiles tácticas.

Todos los pescadores griegos de la bahía contribuyeron con su dinero. Alec el Fuerte, como si de un rey se tratase, lo dedujo de sus impuestos.

—Estados Unidos es todopoderoso, hijo mío. Y no es menos cierto que Alec el Fuerte es un monarca en el seno de una nación, con su propio reino y sus propios súbditos.

—¿Qué piensas hacer a propósito de la pesca del esturión? Seguramente empleará un «sedal chino».

Charley se encogió de hombros, y dijo con voz enigmática:

—Ya veremos qué pasa.

Un «sedal chino» es un artefacto muy ingenioso inventado por los ciudadanos que le dan nombre. Por un simple sistema de flotadores, pesas y anclas, se colocan miles de anzuelos, cada uno en un sedal especial, a una distancia variable de dieciocho centímetros y a una profundidad de treinta por debajo del mar. Lo más destacable de esta clase de sedal es que el anzuelo, en vez de estar provisto de una lengüeta, es afilado y termina en una punta aguda como la de una aguja. Los anzuelos se colocan a pocos centímetros el uno del otro y cuando varios miles de estos artilugios están suspendidos como una franja sobre una longitud de cuatrocientos a quinientos metros, constituyen un formidable obstáculo para el pez que avanza por bandadas en el fondo del mar.

El esturión pertenece a esta categoría. Rebusca en la tierra como un cerdo, y por esta misma razón se le denomina «cerdo de mar». Cogido por el primer anzuelo, pega un brinco por la sorpresa y entra en contacto con otra media docena de anzuelos. Entonces se debate tan violentamente que por todos lados las puntas de aguja penetran en su tierna carne; y los anzuelos dispuestos en ángulos diferentes retienen al desdichado pez hasta que le llega la muerte.

Como que ningún esturión puede escapar al sedal chino, las leyes que rigen la pesca llaman «trampa» a este instrumento y, como su uso conduce al exterminio del esturión, está prohibido.

Estábamos seguros por adelantado de que Alec el Fuerte pensaba tender uno de estos sedales chinos ante las mismísimas narices de los representantes de la ley.

Durante unos cuantos días, Charley y yo vigilamos las idas y venidas de Alec el Fuerte. Remolcó su arca a lo largo del muelle de Solano hasta la cala del astillero de Construcciones Navales Turner. Sabíamos que esta cala era un sitio donde abundaba el esturión: por eso no dudamos ni un instante de que El Rey de los Griegos iba a emprender su tarea.

Dentro y fuera de esta cala, la corriente de la marea circulaba como el agua en el saetín de un molino y era imposible, salvo en caso de mar plana, levantar, deslizar o poner un sedal chino en este lugar. Por tanto, entre el flujo y el reflujo de las mareas, Charley o yo nos apostábamos en el muelle Solano para vigilar la bahía.

Al cuarto día, estaba echado al sol detrás del cerco del muelle cuando vi a lo lejos un bote ligero que se alejaba de la orilla y avanzaba hasta el centro de la cala. Me llevé rápidamente los prismáticos a los ojos y seguí todos los movimientos de la embarcación.

Dos hombres la manejaban y, aunque se encontraba aproximadamente a una milla de distancia, vi que uno de ellos era Alec el Fuerte, y antes de que el bote volviera de nuevo a la orilla, había visto lo suficiente como para afirmar que El Rey de los Griegos acababa de poner su sedal.

—Alec el Fuerte ha puesto un sedal chino en la cala que hay más allá de los astilleros Turner —anunció a mediodía Charley Le Grant a Carmintel.

Una expresión de fastidio pasó por los rasgos del jefe; luego respondió de forma evasiva y ahí quedó todo. Conteniendo su ira, Charley se mordió el labio y dio media vuelta.

—¿Tienes agallas, pequeño? —me preguntó más avanzada la tarde, en el momento en que acabábamos de lavar los puentes del *Reindeer* y nos preparábamos para bajar a acostarnos.

Mi garganta se contrajo y no pude responder más que con un movimiento de cabeza.

—Entonces, perfecto —dijo Charley brillándole los ojos de decisión—. Es absolutamente necesario que entre tú y yo pesquemos a Alec el Fuerte, a pesar de Carmintel. ¿Puedo contar contigo? No va a ser fácil —añadió tras una pausa—, pero a pesar de todo, con un poco de valor, lo conseguiremos.

—No lo dudo —dije con voz entusiasta.

—Bueno, pues de acuerdo —dijo estrechándome la mano.

Después de esto nos fuimos a dormir.

La tarea que nos habíamos asignado presentaba diversas

dificultades. Para acusar a un hombre de faltar a las leyes de pesca había que sorprenderlo en flagrante delito y con las pruebas en la mano: anzuelos, sedales y pescado. Dicho de otra manera, teníamos que capturar a Alec el Fuerte en mar abierto, donde podía vernos llegar y prepararnos una de las cálidas recepciones que constituían su especialidad.

—Imposible sorprenderlo —dijo Charley una mañana—. Aunque pudiéramos acercarnos a él, las posibilidades serán las mismas para Alec que para nosotros. Probemos, a pesar de todo, de pasar a lo largo de su bordo.

Estábamos sobre el salmonero, el barco que, en compañía del *Reindeer*, había dado caza a los pescadores de gambas. El mar estaba en calma y cuando dimos la vuelta al extremo del muelle Solano, vimos a Alec el Fuerte volver a subir el sedal y sacar el pescado.

—Cambiemos de sitio —ordenó Charley—. Mantente justo detrás suyo, como si te dirigieras hacia la cala de sirga.

Me hice cargo del timón y Charley se sentó sobre un travesaño en medio del barco, con el revólver al alcance de su mano.

—Si se le ocurre disparar —me aconsejó—, métete en el fondo y lleva el timón de tal forma que sólo se vea tu mano.

Asentí con un movimiento de cabeza; seguidamente, guardamos silencio. El barco se deslizaba suavemente sobre el agua y nos acercábamos cada vez más a Alec el Fuerte. Le veíamos claramente retirar los esturiones y lanzarlos al fondo del barco mientras su compañero largaba el sedal y separaba los anzuelos antes de sumergirlos en el agua. Nos encontrábamos a quinientos metros de él cuando el gordo pescador nos gritó:

—Eh, vosotros, ¿qué queréis?

—Sigue adelante —me dijo Charley en voz baja—. Haz ver que no le oyes.

Los minutos siguientes fueron pródigos en emociones. Alec el Fuerte nos observaba con insistencia, mientras cada segundo nos acercábamos lentamente a él.

Sin duda adivinó nuestra identidad, ya que de repente nos soltó:

—¡Largaos de una vez! Os agujerearé la piel si os quedáis ahí.

Se llevó el fusil a la altura del hombro y me apuntó.

—¿Os vais a largar, sí o no? —preguntó.

Decepcionado, Charley masculló entre dientes:

—Volvamos. Esta vez hemos fallado.

Enderecé el timón y aflojé la escota de la vela, lo que nos apartó de nuestra ruta primitiva en cinco o seis puntos. Alec el Fuerte nos siguió con la mirada hasta que estuvimos fuera de su alcance y reemprendió su trabajo.

—Sería mejor que no os metierais en los asuntos de Alec el Fuerte —le recomendó Carmintel a Charley aquella noche, con aspecto huraño.

—¡Vaya! ¿Se te ha venido a quejar? —le preguntó Charley, sarcástico.

Carmintel, incómodo, empezó a enrojecer y repitió:

—Más vale dejarlo tranquilo. Ese tipo es peligroso y no sacaríamos nada con molestarle.

—En efecto —replicó Charley—, creo comprender que es más provechoso dejarle en paz.

Era una piedra echada sobre el tejado de Carmintel y, por la expresión del jefe, vimos que Charley había puesto el dedo en la llaga. Era notorio que Alec el Fuerte estaba tan dispuesto a sobornar a la policía como a luchar contra ella, y se citaban los nombres de más de un patrullero a quien El Rey de los Griegos había untado la mano.

—¿Acaso insinúas...? —empezó a decir Carmintel con voz amenazadora.

Pero Charley no lo dejó continuar.

—No insinúo nada —dijo—, has captado perfectamente el sentido de mis palabras, y si te das por aludido, a fe mía...

Se encogió de hombros. Carmintel, cortado, se contentó con abrir desmesuradamente los ojos.

—Lo que tenemos que hacer es competir en imaginación con ese tipo —me dijo Charley, un día que habíamos intentado vanamente sorprender a Alec el Fuerte en la grisalla de la aurora. Una salva de disparos de fusil nos había forzado a batirnos en retirada.

Durante los días siguientes me devané los sesos para descubrir una estratagema con la cual dos hombres, en mar abierto, pudieran capturar a un tercero, tirador excepcional y que no se separaba jamás de su arma. Cada día, entre las dos mareas, a la vista de todos, Alec el Fuerte echaba su sedal al agua. Lo más exasperante era que todos los pescadores, desde Benicia a Vallejo, estaban al corriente de las malas pasadas que El Rey de los Griegos nos jugaba impunemente.

Por otra parte, Carmintel nos enviaba, expresamente, contra los pescadores de sábalos de San Pablo, de modo que nos quedaba muy poco tiempo para ocuparnos del célebre Alec. Pero la mujer y los hijos de Charley vivían en Benicia, que se convirtió en nuestro cuartel general y al cual volvíamos con bastante regularidad.

—No veo más que una manera de actuar —dije después de varias semanas de infructuosas reflexiones—. Cuando el mar esté en calma, aprovecharemos que Alec el Fuerte haya vuelto a tierra con su pescado para mangarle el sedal. Le hará falta algún tiempo y dinero para procurarse otro, que le quitaremos de la misma manera. Si el tipo se nos escapa, por lo menos ahí tenemos un medio excelente para desanimarlo. ¿Qué te parece?

Charley respondió que no le parecía mala idea. Aguardamos el momento propicio y, a la primera encalmada de marea baja, cuando Alec, tras haber retirado el pescado del sedal, regresó al pueblo, salimos en el salmonero. Conocíamos la situación del sedal por las señalizaciones que habíamos hecho en tierra, y nos fue fácil localizarlo. La marea empezaba a subir de nuevo cuando llegamos más o menos al lugar donde creíamos que se sumergía el sedal y echamos el tipo de ancla que usan los barcos de pesca. Dándole al ancla la cuerda justa para que apenas tocara el fondo, la hicimos resbalar muy suavemente hasta que se enganchó y el barco se quedó tenso y parado.

—¡Ya lo tenemos! —exclamó Charley—. Ayúdame a subirlo a bordo.

Juntos izamos la cuerda hasta que apareció el ancla con el sedal para esturiones enredado en una de sus patas. Pronto decenas de anzuelos de aspecto mortífero brillaron ante nuestras miradas. Acabábamos de empezar a soltar el sedal para alcanzar el extremo por el cual podríamos levantarlo, cuando un ruido seco dentro del barco nos sobresaltó. Miramos a nuestro alrededor, pero al no ver nada sospechoso nos pusimos de nuevo a trabajar. Un instante después se reprodujo un ruido parecido y la andana se resquebrajó en el lugar situado entre Charley y yo.

—Eso se parece mucho a una bala, hijo mío —me dijo mi compañero—. Alec nos envía peladillas de largo alcance.

—Usa pólvora sin humo —añadí—, midiendo con la mirada la distancia hasta la orilla, que estimé aproximadamente en una milla.

Escruté la orilla sin descubrir a Alec el Fuerte. Sin duda se escondía detrás de alguna roca desde donde nos tenía a su merced. Un tercer proyectil dio en el agua, rebotó y silbó por encima de nuestras cabezas antes de caer de nuevo un poco más lejos.

—Mejor sería que nos fuéramos —señaló Charley con voz calmada—. ¿Qué opinas tú?

Yo compartía su opinión y le hice observar que no teníamos nada que hacer con aquel trozo de sedal. Lo dejamos todo e izamos la vela a un tercio. Al punto las balas cesaron y nos alejamos de allí, decepcionados, pensando que Alec el Fuerte a lo lejos se reía de nosotros.

Mucho peor aún: al día siguiente, en el muelle de pesca donde inspeccionábamos las redes, estimó oportuno burlarse abiertamente de nosotros delante de todo el mundo. Charley, rojo de ira, tuvo la fuerza suficiente para contenerse, pero prometió solemnemente al rey de los griegos que un día conseguiría meterlo entre rejas. Según su costumbre, Alec se jactó de que ningún patrullero le había cogido todavía y que nunca le cogerían; todos los pescadores le aplaudieron. Los hombres se excitaban cada vez más y una pelea podía estallar de un momento a otro, pero Alec el Fuerte demostró su prestigio real restableciendo la calma entre sus hombres.

Por su parte, Carmintel se burló de la actitud de Charley, le hizo varias observaciones sarcásticas e incluso intentó sacarle de sus casillas.

Aunque hervía de cólera, Charley respondió a estas provocaciones con una sangre fría admirable. Me aseguró no obstante que estaba completamente decidido a capturar a Alec el Fuerte, aunque tuviera que dedicarse a ello el resto de su vida.

—No sé de qué manera, pero, tan cierto como que me llamo Charley Le Grant, lo cogeré. La idea me vendrá a la mente en el momento preciso.

En efecto, surgió de la manera más insólita.

Había pasado un mes entero, durante el cual habíamos surcado la bahía de arriba abajo sin poder distraernos un momento para ocuparnos de cierto pescador que, sabíamos perfectamente, utilizaba un sedal chino en la cala del astillero de Turner. Aquel mediodía estábamos patrullando cuando vimos un yate averiado cargado de pasajeros mareados. Este gran yate, aparejado como un balandro, se encontraba en una situación difícil, debido a que el alisio soplaba fuertemente y a que no había ningún marino digno de tal nombre a bordo.

Desde el muelle de Selby seguíamos con indiferencia las torpes maniobras ejecutadas para que el barco pudiera fondear y enviar el bote a la orilla. Un tipo de aspecto lamentable, que vestía un uniforme de un blanco más que dudoso, nos pasó la amarra de la embarcación y saltó sobre el embarcadero después de que en varias ocasiones casi hiciera volcar el barco en las turbulentas aguas. Se tambaleaba como si la tierra se abriera bajo sus pies y nos explicó sus dificultades.

El único marino profesional a bordo, el único con el que se podía contar en caso de mal tiempo, había tenido que ir a San Francisco a causa de un telegrama, y habían intentado continuar solos el viaje. La tempestad y las grandes olas de la bahía de San Pablo habían podido con el resto de la tripulación; todos los marineros estaban enfermos, y ninguno de ellos sabía ni podía hacer nada; habían echado el ancla ante Selby con la intención de abandonar el barco o de encontrar a alguien que los condujera a Benicia. En una palabra, ¿sabíamos de algún marino que quisiera pilotar el yate hasta Benicia?

Charley me interrogó con la mirada. El *Reindeer* estaba fondeado en un lugar seguro. No teníamos ningún trabajo en particular antes de medianoche. Con la brisa que había, podíamos singlar hasta Benicia en dos horas, pasar algunas horas en tierra y volver a Selby en el tren de la tarde.

—De acuerdo, capitán —le dijo Charley al desdichado balandrista, quien esbozó una tímida sonrisa al oír conferírsele este título.

—No soy más que el propietario del yate —explicó a guisa de excusa.

En pocos golpes de remo lo devolvimos a bordo y constatamos el lamentable estado en que se hallaban los pasajeros. Había una docena de hombres y mujeres, todos ellos enfermos e incapaces de sentir la más mínima satisfacción ante nuestra presencia. El yate se movía terriblemente de un lado a otro, y apenas el propietario había puesto el pie sobre el puente, se derrumbó y se unió a los demás. Nadie estaba en condiciones de echarnos una mano, de manera que

Charley y yo tuvimos, los dos solos, que deshacer el montón embrollado de aparejos deslizantes, izar una vela y sacar el ancla.

Fue una bordada dura, aunque rápida. El estrecho de Carquinez era un bello e inmenso campo de espuma salpicado de olas encrespadas. Lo atravesamos a toda velocidad viento en popa, con la botavara de la inmensa vela mayor ora sumergiéndose en el agua, ora apuntando al cielo. Pero los pasajeros, así como los tripulantes, permanecían indiferentes a todo.

Agachados dentro de la caseta del timón, dos o tres hombres, entre los cuales se encontraba el propietario, temblaban cuando el barco subía, planeaba y se deslizaba vertiginosamente sobre las olas. En los intervalos, dirigían ávidas miradas hacia la orilla. El resto se apiñaba, sobre los cojines, en el suelo de la cabina. De vez en cuando alguno emitía un gemido, pero la mayoría de los pasajeros permanecía inerte como cadáveres.

La cala de Turner se encontraba en nuestra ruta y Charley se adentró en ella para buscar aguas más tranquilas. Benicia estaba a la vista y navegábamos sobre un mar relativamente tranquilo cuando, justo frente a nosotros, divisamos un pequeño bote tambaleándose sobre las olas. La marea estaba baja. Charley y yo intercambiamos significativas miradas. No pronunciamos ni una palabra, pero al instante el yate inició una serie de movimientos extravagantes, virando mal a propósito y dando bandazos como si el más novato de los aficionados llevara el timón. Nuestro barco ofrecía el espectáculo de un yate huyendo ante el tiempo; corría como enloquecido a través de la bahía, tratando de vez en cuando de recuperar un poco de su dominio en un desesperado esfuerzo por alcanzar Benicia.

El propietario olvidó momentáneamente su mareo y la inquietud invadió de nuevo sus facciones. El bote, que al principio no era más que un punto sobre el agua, pronto se agrandó en el horizonte y reconocimos a Alec el Fuerte y a su socio quienes, tras haber enrollado un trozo del sedal en una cornamusa, detenían su trabajo para reírse a nuestras expensas. Charley bajó su capucha sobre los ojos y yo seguí su ejemplo, sin adivinar todavía la idea que había surgido en su mente y que, con toda evidencia, quería llevar a cabo.

Con la popa cubierta de espuma llegamos a la altura de la embarcación, tan cerca que pudimos oír, por encima del ruido del viento, las voces de Alec y de su compañero. Escupían sobre nosotros todo el desprecio que sienten los marinos profesionales por los aficionados, sobre todo por los aficionados torpes.

Pasamos en tromba cerca de los pescadores, y no pasó nada. Viendo mi decepción, Charley se rió burlonamente y me gritó:

—¡Atención a la vela mayor y al foque!

Puso todo el timón a barlovento y el yate, dócilmente, viró al mismo tiempo. La vela mayor, sin viento, se aflojó, se quedó flácida, osciló un instante con la botavara y bruscamente se puso tirante sobre la perilla de mesana. El yate se inclinó hasta mojar el extremo de los baos, y profundos gemidos surgieron del grupo de pasajeros aquejados de mareo, que rodaron por el suelo de la cabina para ser, en resumidas cuentas, comprimidos en montones en las literas de estribor.

No teníamos tiempo para pensar en ellos. El yate, completando la maniobra, puso proa al viento, con las velas en ralinga, y recuperó el equilibrio. Pero avanzábamos sin parar y ahora la embarcación se encontraba justo delante de nuestra ruta. Entonces vi a Alec el Fuerte lanzarse al agua y a su compañero saltando para agarrarse a nuestro bauprés. Después sobrevino un estruendo, seguido de una serie de golpes y chirridos, mientras la embarcación pasaba por debajo de nuestra quilla.

—Esta vez ya no hay que temer ningún tiroteo —murmuró Charley corriendo a la parte posterior para ver qué había sido de Alec el Fuerte.

El viento y el mar detuvieron pronto nuestro movimiento hacia delante y empezamos a derivar retrocediendo hacia el lugar de la colisión. La cabeza oscura y la cara morena de El Rey de los Griegos emergieron del agua y, manifestando solamente su ira contra los torpes aficionados, el hombre se dejó izar a bordo. Además, estaba sin aliento, ya que había tenido que sumergirse un buen rato y profundamente para evitar nuestra quilla.

Charley saltó sobre Alec el Fuerte y lo mantuvo bajo él en la cabina del timón mientras yo le ayudaba a maniatarlo con sólidas cuerdas. Consternado, el propietario del yate pedía explicaciones, cuando el socio de Alec el Fuerte, que venía del bauprés, se dejaba caer en la parte trasera y echaba una mirada llena de aprensión por encima de la brazola al interior de la cabina del timón. Bruscamente Charley le rodeó el cuello con su brazo y le mandó, rodando sobre la espalda, al lado de Alec el Fuerte.

—¡Más cuerdas! —gritó Charley.

Se las procuré rápidamente.

La embarcación, abandonada a una corta distancia, flotaba tranquilamente a barlovento. Tensé las velas mientras Charley, tomando el timón, se dirigía hacia ella.

—Son dos viejos delincuentes —le explicó Charley al propietario, que estaba furioso—. Violan continuamente las leyes de pesca. Acabáis de verlos cogidos en flagrante delito y seguramente seréis llamados como testigos ante el tribunal.

Mientras hablaba, alejaba la embarcación. El sedal se había roto, pero un trozo se había quedado enganchado. Retiramos unos metros del mismo, con un joven esturión atrapado en un montón de anzuelos sin barbas. Charley cortó de un navajazo esta parte del sedal y lo lanzó a la caseta del timón cerca de los dos cautivos.

—He aquí la prueba... la muestra —añadió Charley—. Miradla bien a fin de reconocerla ante los jueces, y acordaos de la hora y el lugar de la captura.

Sin volver a virar mal a propósito ni dar bandazos de un lado a otro, llegamos triunfalmente a Benicia, llevando con nosotros al rey de los griegos sólidamente atado en la cabina del timón, apresado por primera vez por la Patrulla Pesquera.

UNA INCURSIÓN CON LOS SAQUEADORES DE OSTRAS
(*A raid on the oyster pirates*)

ENTRE los diferentes jefes bajo cuyas órdenes estuvimos Le Grant y yo como patrulleros, el más apreciado era sin duda Neil Partington. Honrado y valeroso, exigía una estricta obediencia, pero al mismo tiempo mantenía con nosotros relaciones de buena camaradería y nos dejaba una gran libertad, a la que no estábamos muy acostumbrados.

La familia de Neil vivía en Oakland, puerto situado a unas seis millas de San Francisco, en la orilla opuesta. Un día en que vigilábamos a los pescadores de gambas de San Pedro, nuestro jefe fue avisado de que su mujer estaba muy enferma; una hora más tarde, el *Reindeer* se dirigía a Oakland, impulsado por una fresca brisa de noroeste. Remontamos hasta la boca del puerto de Oakland y tiramos el ancla. Durante los días siguientes, Charley y yo aprovechamos que Neil estaba en tierra para tensar los tirantes de fijación, rectificar la estiba del lastre, rascar la parte de abajo y poner de nuevo el balandro en excelente forma.

Una vez finalizado el trabajo, el tiempo se hacía interminable. El estado de la mujer del jefe permanecía estacionario y había que esperar una semana para saber el desenlace de la crisis. Charley y yo errábamos a lo largo de los diques, desocupados, no sabiendo qué hacer, cuando fuimos a parar a la flotilla de los pescadores de ostras fondeada en el embarcadero del puerto de Oakland. En su mayoría se trataba de bonitos y peripuestos barcos, muy rápidos y bastante sólidos para poder afrontar el temporal. Los observamos, sentados en el parapeto del embarcadero

—Yo diría que la pesca les ha ido bien —declaró Charley, designando con el dedo los montones de ostras que, clasificadas en tres medidas, había en los puentes.

Los vendedores de pescado alineaban sus camionetas al borde del muelle, y escuchando las conversaciones entre los pescadores y los comerciantes acabé por saber el precio de venta de las ostras

—Ese barco contiene por lo menos doscientos dólares de mercancía —calculé—. ¿Cuánto tiempo crees tú que ha sido necesario para arramblar con todo ese cargamento?

—Tres o cuatro días —respondió Charley—. Esos dos tipos se ganan bien la vida: veinticinco dólares por día, cada uno.

El barco en cuestión, el *Fantasma*, estaba fondeado justo detrás de nosotros. Dos hombres formaban su tripulación. Uno de ellos, rechoncho y ancho de hombros, tenía los brazos largos como los de un gorila; el otro, alto y bien proporcionado, tenía unos ojos azules muy claros y el cabello negro y lacio. Aquellos ojos y aquella cabellera presentaban un contraste tan chocante que Charley y yo nos paramos a considerar al tipo a quien pertenecían.

Fue una buena idea. Pronto vimos acercarse a un hombre de cierta edad, un rico comerciante, a juzgar por su aspecto y su vestimenta. De pie cerca de nosotros, observaba el puente del *Fantasma*. Parecía estar de un humor de perros y cuanto más miraba el barco, más crecía su cólera

—Esas ostras me pertenecen —declaró por fin—. Afirmo que son mías. Habéis visitado mi criadero esta noche y las habéis robado.

Los hombres del *Fantasma* levantaron la cabeza.

—¡Vaya! Buenos días, Taft —soltó el rechoncho con insolente familiaridad (entre los vagabundos de la bahía se le conocía como el Mil Patas, a causa de sus largos brazos)—.

¡Buenos días, Taft! —repitió en el mismo tono guasón—. ¿Qué te pasa para gruñir así?

—Habéis robado estas ostras en mi criadero, ¡eso es lo que digo!

—¡Ah! ¡Qué listo eres, reconoces tus ostras tan pronto como las ves! —se burló el Mil Patas.

Su compañero intervino:

—Según mi experiencia, las ostras son siempre ostras, en cualquier lugar donde las cojas, y se parecen mucho de una punta a otra de la bahía. No deseamos de ningún modo pelearnos con usted, señor Taft, pero, se lo ruego, deje de insinuar que estas ostras le pertenecen y que somos unos ladrones, antes de poder aportar pruebas.

—Sé que son mis ostras —replicó el otro—. ¡Me dejaría cortar una mano!

—¡Las pruebas! —soltó el alto y gallardo de ojos azules a quien, como supimos más tarde, le apodaban el Marsopa, debido a su extraordinaria habilidad como nadador.

Desconcertado, Taft se encogió de hombros. Naturalmente, no podía demostrar, con pruebas evidentes, que aquellas ostras provenían de sus parques, por más seguro que estuviera de ello.

—¡Daría mil dólares por veros en prisión, especie de rateros! —exclamó—. ¡Ya lo creo! Ofrezco una prima de cincuenta dólares por cabeza, tantos como seáis, para quien os haga apresar y condenar.

Una enorme carcajada surgió de los diversos barcos, ya que el resto de los piratas había escuchado la discusión

—¡Las ostras dan más que eso! —observó el Marsopa.

Lleno de cólera, Taft dio media vuelta y se alejó. Por el rabillo del ojo, Charley se fijó en la dirección que tomaba. Unos minutos más tarde, cuando hubo desaparecido tras una esquina, Charley se levantó tranquilamente. Le seguí y nos alejamos con paso indolente por una calle opuesta a la que había tomado Taft.

—¡Deprisa! ¡Corramos! —murmuró Charley, una vez que estuvimos fuera del alcance de la vista de los saqueadores de ostras.

Cambiando rápidamente de dirección, nos deslizamos entre las encrucijadas y brecorrimos en diversos sentidos las calles adyacentes hasta que por fin la silueta corpulenta de Taft se perfiló ante nosotros.

—Voy a interrogar a este buen hombre acerca de esa recompensa —explicó Charley cuando llegamos a la altura del propietario del banco de ostras—. A Neil quizá lo retendrán una semana más por la enfermedad de su mujer. Mientras tanto, tú y yo podríamos realizar un buen trabajo. ¿Qué dices?

—¡Por supuesto, por supuesto! —exclamó Taft cuando Charley se presentó y le explicó sus intenciones—. Esos piratas me sustraen varios miles de dólares cada año, y me alegraría ver cómo los capturan y los meten en la cárcel. Como he dicho hace un momento, ofrezco cincuenta dólares por cabeza... y aún salgo ganando. Han saqueado mis parques de ostras, arrancado las boyas de señalización, aterrorizado a mis guardianes, y matado a uno de ellos el año pasado. Desgraciadamente, me es imposible aportar las pruebas. El delito se cometió en plena noche. No tenía más que el cadáver del pobre guardián y ninguna pista: por tanto, los detectives no pudieron hacer nada. Hasta hoy, nadie ha conseguido atrapar a uno de esos piratas. Así que, señor... ¿le importaría repetirme su nombre?

—Le Grant —respondió Charley.

—Le decía, señor Le Grant, que le estoy muy reconocido por los servicios que tiene a bien ofrecerme. Por mi parte, me alegraré mucho en facilitarles la tarea. Mis guardianes y mis barcos están a su disposición. Venga a verme a mi despacho de San Francisco el día que usted quiera, o telefonee a cobro revertido. Sobre todo, no repare en gastos. Se los reembolsaré todos, mientras sean razonables. La situación se está volviendo insostenible y hay que hacer algo a cualquier precio... se trata de saber de una vez por todas a quién pertenecen los parques de ostras, si a mí o a esos rufianes.

—Ahora, vayamos a ver a Neil —dijo Charley cuando dejamos a Taft, que regresaba a San Francisco.

Neil Partington no tan sólo no puso ninguna objeción a nuestro proyecto, sino que nos prestó una preciada ayuda. Nosotros no entendíamos nada de la industria ostrícola, mientras que nuestro jefe la conocía a fondo como ninguno. Además, al cabo de una hora aproximadamente, nos puso en contacto con un chico de diecisiete o dieciocho años que respondía al nombre de Nicolás y para quien el saqueo de los parques de ostras no tenía secretos.

Llegados a este punto de mi relato, debo explicar que, en la Patrulla Pesquera, Charley y yo gozábamos de una absoluta independencia. Neil Partington, patrullero de oficio, recibía un salario regular, mientras que a Charley y a mí, simples auxiliares, se nos retribuía en proporción con nuestro trabajo, o, dicho de otro modo, se nos daba un porcentaje de las multas impuestas a los delincuentes. Por otro lado, conservábamos íntegramente las recompensas que nos otorgaban los particulares.

Le propusimos a Neil compartir con él todas las generosidades que Taft tuviera con nosotros, pero el patrullero no quiso ni oír hablar de ello... demasiado contento, añadió, de poder aprovechar esta ocasión para correspondernos un poco por los servicios que le habíamos prestado.

Antes de ponernos manos a la obra, juzgamos oportuno sostener un largo conciliábulo para trazar las líneas maestras de nuestro plan de acción. Nuestras fisonomías no les resultaban conocidas a las gentes de esta parte de la bahía, pero el *Reindeer* era demasiado popular entre los piratas; por lo tanto, Nicolás y yo alquilaríamos algún velero de aspecto menos comprometedor y singlaríamos hasta la isla de Aspargus donde nos uniríamos a la flotilla de los ladrones de ostras.

Por las explicaciones que Nicolás nos había dado sobre la disposición de los movimientos de los saquedores, en aquel lugar sería posible sorprenderlos flagrantemente robando y capturarlos al mismo tiempo. Charley permanecería en la orilla con los guardianes de Taft y un destacamento de policías que nos echarían una mano llegado el momento.

—Sé precisamente cuál es el barco que necesitáis —dijo Neil para concluir—. Es un viejo balandro de forma extraña, que está fondeado en Tiburón. Nicolás y tú vais hasta allí con el trasbordador, alquiláis la barcaza por cuatro chavos y os presentáis en los lugares habituales de pesca.

—¡Buena suerte! —nos dijo dos días más tarde en el momento de separarnos—. Acordaos de que os las tenéis que ver con tipos peligrosos. ¡Sobre todo, prudencia!

Nicolás y yo alquilamos el barco por una suma irrisoria; pero en el momento de izar la vela, mientras bromeábamos, nos dimos cuenta de que era mucho más viejo y más raro de lo que nos habían dicho. Era una gran embarcación de fondo plano, popa cuadrada, con aparejos de balandro, con un mástil bamboleante, obenques aflojados y velas completamente gastadas y duras al tacto, que manejábamos no sin cierta dificultad.

Olía terriblemente a alquitrán: de la popa a la proa, del techo de la cabina a la orza, estaba impregnado de esta sustancia maloliente y, como broche final, el nombre, *Maggie-Alquitrán*, estaba escrito con grandes letras a lo largo de ambos lados del barco.

Fue una carrera sin historia, más bien risible, la que hicimos desde Tiburón a la isla Aspargus, donde llegamos al día siguiente por la tarde. Los ladrones de ostras, aproximadamente una docena de balandros, estaban fondeados en el lugar denominado «los bancos abandonados». El *Maggie-Alquitrán*, impulsado por una ligera brisa, llegó hasta ellos contorneándose. Todos se subieron a los puentes para mirarnos. Divertidos por el aspecto grotesco de nuestro viejo barco, Nicolás y yo nos complacíamos en manejarlo torpemente, multiplicando por cien su ridículo aspecto.

—¿Qué cacharro es ése? —preguntó alguien.

—¡Dime su nombre y te haré un regalo! —respondió otro.

—¡Que me cuelguen si ésa no es la verdadera arca de Noé! —dijo el Mil Patas con guasa, de pie sobre el puente del *Fantasma*.

—¡Eh! ¡Los de la fina goleta! —gritó otro en tono burlón—. ¿Cuál es vuestro puerto de atraque?

No hicimos el menor caso a sus bromas, sino que, actuando como novatos, fingimos estar absortos en el manejo del *Maggie-Alquitrán*.

Lo puse a sotavento del *Fantasma*, y Nicolás corrió hacia delante para echar el ancla. La manera en que lo hizo pareció totalmente desordenada: la cadena, enredada, impedía que el ancla llegase al fondo. A los ojos de todos, hicimos un esfuerzo inaudito para desenredar todo aquel «follón». Los piratas se dejaron engañar por nuestros fingimientos y se divirtieron de lo lindo con nuestras torpezas.

Pero la cadena continuaba enredada y, en medio de los sarcasmos, derivamos y fuimos a chocar contra El *Fantasma*, cuyo bauprés reventó nuestra vela mayor, haciendo un agujero de las dimensiones de la puerta de un coche. El Mil Patas y el Marsopa, balanceándose sobre la cubierta en una crisis de hilaridad, nos dejaron salir del apuro como mejor podíamos.

Acabamos por conseguirlo, pero con una torpeza sin igual; luego, igualmente desmañados, desenredamos la cadena del ancla y la dejamos correr unos cien metros. Con una profundidad de tres metros de agua bajo nosotros, esto permitía a la *Maggie-Alquitrán* bornear sobre un círculo de doscientos metros de diámetro, en el cual se podía golpear al menos contra la mitad de la flotilla.

Los barcos de los piratas estaban todos amigablemente fondeados a poca distancia los unos de los otros; hacía, en efecto, un tiempo magnífico. Protestaron abiertamente ante nuestra ignorancia. ¿Por qué dejar tal cantidad de cadena? No contentos con protestar, nos obligaron a recoger nuestra cadena y a no dejar fuera más que una decena de metros.

Tras hacernos pasar ante todos por unos torpes principiantes, Nicolás y yo bajamos para felicitarnos mutuamente y prepararnos la cena. Apenas habíamos acabado de comer y de guardar los platos cuando un pequeño bote atracó junto al *Maggie-Alquitrán* y unos pasos pesados hollaron nuestro puente. Seguidamente la cara bestial del Mil Patas apareció por la escotilla y bajó por la escalera, seguido por el Marsopa. Los dos hombres acababan de sentarse cuando un segundo bote atracó, luego un tercero, y un cuarto hasta que por fin toda la flotilla se halló representada en nuestra cabina.

—¿Dónde habéis birlado esta vieja cubeta? —preguntó un hombrecillo peludo de ojos crueles y aspecto de mexicano.

—No lo hemos birlado —respondió Nicolás, en el mismo plan.

Y para alentar a los otros a creer que habíamos robado el *Maggie-Alquitrán*, prosiguió:

—Y si lo hubiéramos hecho, ¿qué os importa a vosotros?

—Nada. Sólo quería deciros que no admiro vuestro buen gusto —se rió burlonamente el mexicano—. Yo hubiera preferido criar moho en tierra antes que subirme a este trasto.

—¿Cómo podíamos saber cómo era antes de probarlo? —exclamó Nicolás tan ingenuamente que todos estallaron en risas—. Decidme —se apresuró a añadir—, ¿cómo hacéis para coger las ostras? Nos gustaría llevarnos unas cuantas. Por eso hemos venido hasta aquí.

—¿Y qué piensas hacer con tus ostras? —preguntó el Marsopa.

—¡Oh!, les daré unas cuantas a los compañeros, claro. Supongo que vosotros hacéis lo mismo con las vuestras.

Esta reflexión provocó una nueva carcajada, y a la vista

de que nuestros visitantes se divertían cada vez más, deducimos que no sospechaban en modo alguno nuestra identidad y nuestros propósitos.

—¡Eh! ¿No te vi yo a ti el otro día en el muelle de Oakland? —me preguntó de sopetón el *Mil Patas.*

—¡Sí, desde luego! —respondí yo sin parpadear, cogiendo el toro por los cuernos—. Precisamente os estaba mirando: de ahí me vino la idea de imitaros... al menos —añadí—, si no tenéis inconveniente.

—Te voy a dar un consejo... sólo uno... y es éste: espabilaos, tu amigo y tú, para conseguir un barco mejor. No aceptaremos ser deshonrados por una cubeta tan ruinosa como ésta. ¿Entendido?

—Naturalmente —respondí—. Cuando hayamos vendido algunas ostras, nos equiparemos debidamente.

—Y a fe mía que si jugáis limpio y demostráis ser buenos compañeros —continuó el Mil Patas—, podréis probar suerte con nosotros. Si no —aquí su voz se tornó dura y amenazadora—, os pesará. ¿Queda bien claro?

—Perfectamente —dije.

Tras algunas recomendaciones de la misma naturaleza, la conversación se generalizó y nos enteramos de que los parques debían ser visitados aquella misma noche. Después de charlar durante una hora, los piratas volvieron a sus barcos y nos invitaron a unirnos a ellos. «Cuantos más seamos, más reiremos», nos dijeron.

Cuando regresaron a sus respectivos balandros, Nicolás me confió:

—¿Te has fijado en el hombrecillo de aspecto mexicano? Es Barchi; forma parte de la banda de los que practican ese deporte, y el que le acompañaba se llama Skilling. Entre los dos se puede obtener una recompensa de cinco mil dólares.

Yo ya había oído hablar de la banda de los deportistas, una pandilla de granujas y de asesinos que aterrorizaban los barrios bajos de Oakland, y de los cuales los dos tercios se encontraban habitualmente entre rejas por crímenes que iban desde el falso testimonio hasta el asesinato.

—No son verdaderos ladrones de ostras —explicó Nicolás—. Han venido aquí para divertirse un poco y ganar algunos dólares. Con ellos, habrá que ir con los ojos muy abiertos.

Sentados en la caseta del timón, discutíamos los detalles de nuestro plan cuando, hacia las once, proveniente de la dirección del *Fantasma,* oímos el crujido de un remo en un bote. Echamos nuestro bote al agua, cogimos algunos sacos y nos dirigimos hacia donde estaban los demás. Todos los botes estaban reunidos y la intención de los piratas era hacer una expedición a los cercos de redes de ostras.

Ante mi estupefacción, no quedaban más que unos centímetros de agua en el lugar donde había echado el ancla con tres metros de profundidad. Era la gran marea de la luna llena de junio, y como el agua aún debía bajar durante una hora y media, nuestro barco se encontraría sobre la arena antes de encalmarse el mar.

Los viveros de Taft estaban situados a tres millas de allí. Durante un buen rato remamos en silencio siguiendo a las demás barcas, rastrillando el fondo de vez en cuando y tocando sin cesar la arena con nuestros remos. Por fin chocamos contra un banco de barro apenas recubierto de agua en el cual nuestros botes no podían flotar. Sin perder un minuto, los piratas saltaron de sus barcas y continuamos el avance empujando y tirando de nuestras ligeras embarcaciones de fondo plano.

La luna llena estaba en parte oculta por las nubes, sin embargo los piratas avanzaban con una seguridad adquirida tras una larga experiencia. Después de recorrer una media milla sobre el fango encontramos un canal profundo, que remontamos a remo. Verdaderas riberas formadas por montones de ostras muertas se levantaban por todos lados bajo el agua. Por fin alcanzamos los lugares de pesca.

Dos hombres encaramados sobre uno de los montículos de ostras nos interpelaron y nos conminaron a retirarnos. Pero el Mil Patas, el Marsopa, Barchi y Skilling siguieron adelante seguidos del resto de la banda, unos treinta hombres en quince barcos, y muy pronto llegaron a la altura de los dos guardianes.

—Mejor sería que os largaseis rápidamente —dijo Barchi en tono amenazador—, porque sino os agujerearemos la piel como un colador.

Sabiamente, los dos guardianes se batieron en retirada ante una fuerza tan impresionante, y subiéndose a su bote remaron en dirección a la orilla. Esta huida de los guardianes, por otra parte, formaba parte de nuestro plan.

Izamos nuestros botes sobre el montón de ostras del lado del arenal, y los hombres se dispersaron para empezar la recolección. En algunos momentos las nubes, menos espesas delante de la luna, nos permitían distinguir las ostras grandes. En muy poco tiempo los sacos estuvieron llenos y fueron llevados a los botes, de los que los piratas volvían con más sacos vacíos.

Inquietos, Nicolás y yo hicimos varios viajes a los botes con pequeños cargamentos, pero cada vez nos cruzábamos con piratas que iban o venían.

—No nos apresuremos —me dijo Nicolás—. Dentro de un momento se alejarán cada vez más en el banco de ostras, y como el trayecto será demasiado largo, en vez de volver con los sacos de ostras llenos, los dejarán donde estén, de pie. Cuando la marea suba, irán a buscarlos en sus botes, que entonces ya flotarán.

Había pasado media hora y el flujo ya subía, cuando nos decidimos a actuar. Dejando a los piratas con su tarea, corrimos hacia los botes. Uno a uno y sin hacer ruido, los empujamos a flote atados los unos a los otros en una flotilla informe. En el momento en que deslizábamos el último bote sobre el agua, el nuestro, uno de los hombres se acercó. Era

Barchi. Su mirada intensa captó al instante la situación y se abalanzó sobre nosotros, pero nos deshicimos de él con un fuerte empujón y lo dejamos chapotear con el agua por encima de su cabeza. Cuando alcanzó el montículo de ostras, dio la alarma.

Remamos con todas nuestras fuerzas, pero no íbamos muy rápido, con todos aquellos barcos a remolque. Un disparo de revólver partió del banco de ostras, luego un segundo y un tercero; después, una verdadera salva crepitó a nuestro alrededor. Por suerte, ahora grandes nubes cubrían la luna y en la oscuridad los hombres tiraban al azar. No podíamos ser alcanzados más que por casualidad.

—Hubiera preferido una canoa a vapor —suspiré.

—Pues yo sólo pido que la luna continúe tapada —murmuró mi compañero.

El tiempo parecía transcurrir lentamente, pero cada golpe de remo nos alejaba del banco de ostras acercándonos a la orilla. Pronto el tiroteo cesó y cuando la luna emergió de las nubes nos encontrábamos ya lejos y fuera de peligro. Un momento después respondimos a un saludo que provenía del muelle y dos botes *whitehall*, impulsados cada uno de ellos por tres pares de remos, se lanzaron en nuestra dirección. La gran figura de Charley se inclinó hacia nosotros. Nos tomó las manos y no pudo más que exclamar:

—¡Enhorabuena! ¡Habéis hecho un buen trabajo! ¡Bravo!

La flotilla fue llevada a tierra, y Nicolás y yo volvimos en uno de los *whitehall*, con Charley detrás de nosotros. Otros dos botes nos seguían y, como la luna revelaba de nuevo su forma brillante, divisamos a los piratas con sus montones de ostras. Cuando nos vieron nos saludaron con una bandada de disparos. Nos apresuramos a ponernos fuera del su alcance.

—Tenemos tiempo —dijo Charley—. La marea está subiendo y antes de que haya llegado el agua a la altura de sus cuellos, cualquier resistencia les abandonará.

Apoyados en nuestros remos, esperamos a que la marea

cumpliera con su trabajo. Los piratas se hallaban en una delicada situación: la marea de aguas vivas hacía subir el nivel del agua y creaba una corriente tan violenta como la del saetín de un molino, y ni el mejor nadador del mundo hubiera podido cruzar las tres millas que separaban a los piratas de sus chalupas. Situados entre ellos y la orilla, les impedíamos la huida por aquel lado. Además, el agua empezaba a cubrir los bancos de ostras y en pocas horas también cubriría la cabeza de los hombres.

Hacía un tiempo espléndido y bajo la luz plateada de la luna vigilábamos a nuestros buenos mozos con los catalejos, mientras relatábamos a Charley las peripecias del viaje a bordo del *Maggie-Alquitrán*. La una de la madrugada, las dos, y todos se iban agrupando sobre los montículos de ostras muertas más elevados, con el agua a la cintura.

—He aquí la ventaja de poseer una pizca de imaginación —decía Charley—. Desde hace años, Taft ha intentado atraparlos por la fuerza bruta y ha fracasado. Nosotros, por el contrario, hemos hecho funcionar la inteligencia...

En ese preciso instante oí un gorgoteo de agua apenas perceptible. Me volví y les señalé a los demás una pequeña ola ondulante que se ensanchaba poco a poco en un círculo, a unos veinte metros de nosotros.

Esperamos, inmóviles. Al cabo de un minuto hubo un chapoteo de agua dos metros más allá y una cabeza oscura y unos hombros blancos aparecieron bajo la claridad de la luna. Con un gruñido de ira y soltando el aire bruscamente, la cabeza desapareció rápidamente bajo el agua.

Dimos unos cuantos golpes de remo y nos dejamos llevar por la corriente. Cuatro pares de ojos rastrearon la superficie líquida, pero el círculo no se reprodujo y no volvimos a ver la cabeza oscura sobre los hombros blancos.

—Es el Marsopa —anunció Nicolás—. Sólo le podremos agarrar en pleno día.

A las tres menos cuarto los piratas manifestaron los primeros síntomas de desfallecimiento. Les oímos pedir socorro; la voz bien reconocible del Mil Patas dominaba por encima de las otras. Esta vez, cuando nos acercamos, no dispararon sobre nosotros. Hay que decir que el Mil Patas se hallaba en una situación particularmente peligrosa. Sólo las cabezas y los hombros de sus camaradas sobresalían de la superficie, y se apiñaban unos contra otros para luchar contra la corriente y sostener al Mil Patas, cuyos pies no tocaban el fondo.

—Ahora ya os tenemos. ¡No podéis escapar! —dijo Charley en voz alta—. Si os portáis mal, os abandonaremos a vuestra suerte y el océano se encargará del resto. Si, por el contrario, sois buenos, os subiremos a bordo, uno a uno, y todos estaréis a salvo. ¿Entendido?

—¡Sí! —respondieron a coro con voces roncas.

—¡Vale pues, uno a uno, empezando por los más bajitos!

El Mil Patas fue el primero que izamos a bordo; se entregó sin resistencia aunque protestó cuando el policía le puso las esposas. Seguidamente subió Barchi, calmado y resignado tras la tempestad. Cuando tuvimos a diez en nuestro bote, dimos media vuelta y el segundo *whitehall* tomó una carga similar. El tercero no recibió más que a nueve, lo que nos daba un total de veintinueve prisioneros.

—¿Y el Marsopa?

—¿No lo habéis cogido? —exclamó el Mil Patas con aire triunfal, como si la huida de ese bandido menguara nuestro éxito.

Charley se contentó con reírse.

—Seguramente también irá hacia la orilla. Acaba de pasar gruñendo como un cerdo.

Lo que antes era una banda que hacia temblar, ahora era una banda de piratas avergonzados que subía por la arena siguiendo nuestras órdenes hacia las oficinas de las pesquerías de ostras. Charley llamó a la puerta. En seguida abrieron y una agradable bocanada de aire caliente llegó hasta nosotros.

—Entrad a calentaros un poco, muchachos, y os daremos un café caliente —anunció Charley, haciéndolos desfilar frente a él.

Y allí, sentado muy triste ante el fuego, con una taza de moca entre las manos, volvimos a ver al Marsopa.

Nicolás y yo nos volvimos rápidamente hacia Charley. Se echó a reír a mandíbula batiente.

—Nunca hay que hacer las cosas a medias —declaró—. Cuando uno se pone a elaborar una táctica, no hay que omitir ningún detalle. Pensé en la playa, y aposté allí a dos policías. Ese es todo el secreto.

EL SITIO DEL *LANCASHIRE QUEEN*
(The siege of the Lancashire Queen)

L A prueba más exasperante que recuerdo haber pasado en el curso de mi estancia en la Patrulla Pesquera fue el sitio a un gran barco inglés de cuatro mástiles. Charley Le Grant y yo consagramos dos semanas a ello. La cuestión fue tan difícil de resolver como una ecuación matemática: sólo la más pura casualidad nos permitió salir bastante bien de todo ello.

Después de nuestra aventura con los saqueadores de ostras volvimos a Oakland, donde pasaron otros quince días antes de que la mujer de Neil Partington se encontrase fuera de peligro y en vías de curación.

Así, después de una ausencia de un mes, el *Reindeer* puso rumbo a Benicia. «Cuando el gato no está, las ratas bailan», reza el dicho. Por tanto, durante estas cuatro semanas, los pescadores habían recuperado su audacia y violaban la ley descaradamente. Pasando por delante del cabo San Pedro divisamos una gran actividad entre los pescadores de gambas y, desde nuestra aparición en la bahía de San Pablo, toda una flotilla de barcas retiraron a toda prisa sus redes y se dieron a la vela.

Esta huida sospechosa exigía una averiguación y el primer barco, el único, por lo demás, al que conseguimos acercarnos, estaba, en efecto, provisto de una red prohibida por la ley. El reglamento prohibía la utilización de toda red cuyas mallas midieran menos de veinte centímetros entre los nudos, y aquellas mallas no tenían más que ocho. Cogidos en flagrante delito, los dos pescadores fueron inmediatamente arrestados. Neil Partington tomó a uno de ellos para que le ayudara a dirigir el *Reindeer*; Charley y yo subimos con el otro prisionero a bordo del barco capturado.

Pero la flotilla había puesto rumbo prestamente a Portulama y, durante el resto de la travesía de la bahía de San Pablo no nos encontramos con ningún otro pescador. Nuestro cautivo, un griego velludo y bronceado, permanecía sentado sobre su red mientras nosotros izábamos la vela del barco, un salmonero último modelo de Columbia River, que visiblemente efectuaba su primera travesía y se podía manejar sin ninguna dificultad. En vano alababa Charley las cualidades de su barco; el griego rehusaba hablar o prestar la más mínima atención a sus palabras, por lo que abandonamos a su suerte a un individuo tan poco sociable.

Tras sobrepasar los estrechos de Carquinez, entramos un poco en el interior de la cala de Turner para encontrar aguas más tranquilas. Varios veleros ingleses de acero esperaban el cargamento de cereales y allí mismo, en el lugar donde habíamos apresado a Alec el Fuerte, dimos con dos italianos tranquilamente instalados en su bote y que se disponían a echar un sedal chino para esturiones.

La sorpresa fue recíproca; nos lanzamos sobre ellos antes de que se dieran cuenta. Charley tuvo el tiempo justo de ponerse a barlovento y correr hacia el bote. Yo me precipité a la proa y eché a los delincuentes un trozo de cable dándoles la orden de amarrarlo. Uno de los italianos ató un extremo a una cornamusa mientras yo me apresuraba a poner nuestra vela mayor a un tercio. Hecho esto, nuestro salmonero empezó a retroceder, rozando pesadamente la estructura del bote.

Charley avanzó para abordarlo, pero cuando yo jalaba nuestra amarra para unir las embarcaciones, los italianos aprovecharon para largar la suya. Empezamos a derivar a sotavento, mientras ellos sacaban dos pares de remos y guiaban su ligero esquife para ponerse de lleno a barlovento.

Esta maniobra nos desconcertó al principio, ya que con nuestro gran barco, pesadamente cargado, no podíamos alcanzarlos a fuerza de remos. Pero el prisionero griego vino en nuestra ayuda inesperadamente. Sus ojos negros lanzaron chispas y su cara enrojeció de alegría contenida mientras bajaba la orza, saltaba a la parte delantera de un brinco e izaba la vela.

—Siempre he oído decir que los griegos detestan a los italianos —señaló Charley, divertido, precipitándose al timón.

Nunca he visto a un hombre tan dispuesto a echar una mano para capturar a otro como nuestro prisionero durante la caza que iniciamos. Las aletas de la nariz le temblaban, se dilataban y abría los ojos desmesuradamente. Mientras Charley gobernaba el barco él cazaba la vela, y a pesar de la vivacidad de Charley, el griego casi no podía dominar su impaciencia.

Los italianos evitaban la orilla, cuyo punto más próximo se encontraba a una buena milla de distancia. Si hubieran intentado alcanzarla, nos habríamos lanzado sobre ellos con el viento de lado y los habríamos cogido antes de que hubieran recorrido la octava parte de la distancia. Demasiado prudentes para intentar la experiencia, se contentaban con remar vigorosamente con el viento a favor a estribor de un gran navío, el *Lancashire Queen*.

Al otro lado del buque se extendía una capa de agua de dos millas hasta la playa. No había nada que temer en esta dirección, ya que rápidamente los habríamos alcanzado. Cuando llegaron a la proa del *Lancashire Queen* no podían hacer otra cosa que remar a babor hacia la popa, lo que les situaba fuera del viento y nos daba ventaja.

Nosotros, en el salmonero, ciñendo el viento de cerca, viramos a barlovento y dimos la vuelta a la proa del *Lancashire Queen*. Entonces Charley enderezó el timón y nos lanzamos a lo largo del lado de babor, mientras el griego, cazando la escota de la vela, hacía gestos de alegría. Los italianos estaban ya a media altura del barco, pero la fresca brisa que soplaba nos empujaba hacia ellos más deprisa de lo que ellos podían ir. Cada vez nos acercábamos más y ya me inclinaba hacia delante para coger el bote cuando éste se precipitó bajo la bóveda del *Lancashire Queen*.

En suma, estábamos igual que al principio. Los italianos remaban a lo largo de estribor y de nuevo nosotros navegábamos ciñendo al máximo y esforzándonos por ganar terreno con el viento al avanzar a lo largo del navío. Dieron la vuelta alrededor de la proa, bajaron de nuevo por el lado de babor y de nuevo nosotros viramos al viento pasando la proa a nuestra vez; entonces corrimos hacia ellos con el viento en popa del otro lado.

También esta vez, en el momento en que me disponía a cogerlo, el bote se precipitó bajo la bovedilla del navío, poniéndose momentáneamente fuera de peligro. La carrera prosiguió varias veces alrededor del barco, ya que la embarcación que perseguíamos encontraba cada vez el medio de escapársenos por los pelos al llegar a la parte trasera del barco e iniciar otra vuelta.

Entonces la tripulación del navío inglés ya empezaba a interesarse por lo que pasaba abajo, y divisamos las cabezas de los marineros alineados a lo largo de la barandilla, desde donde nos observaban. Cada vez que fallábamos nuestra presa en la parte trasera de su barco, un concierto de aclamaciones salvajes se elevaba en el aire, y luego todos se precipitaban al otro lado para seguir las peripecias de la caza con el viento en contra. Vertían sobre los italianos y sobre nosotros una sarta de burlas y de consejos, lo cual exasperaba hasta tal punto a nuestro griego que cada vez blandía hacia ellos su puño amenazador. Los espectadores aguardaban esta demostración de furor, que invariablemente desencadenaba en ellos una alegría delirante.

—¡Un verdadero circo! —exclamó uno de los marinos ingleses.

—¡Ya me puedes hablar de hipódromos marítimos! ¡Por Dios! ¡Este espectáculo supera en comicidad a todo lo que he visto hasta ahora! —afirmó otro.

—¡La ronda de los seis días! —anunció un tercero—. ¿Quién saldrá victorioso? ¡Los Macarroni!

A la bordada siguiente, cuando estábamos orzando, el griego propuso cambiar de sitio con Charley.

—¡Dejadme conducir el barco y les ataparé... seguramente! —declaró.

Era un rudo golpe para el orgullo profesional de Charley, que se jactaba de saber gobernar un barco; sin embargo, cedió el timón al prisionero y lo reemplazó en la vela. Dimos aún tres vueltas alrededor del barco, y el griego tuvo que reconocer que no lo podía hacer mejor que Charley.

—¡No los cogeréis! —gritó uno de los marinos asomados desde la barandilla—. ¡Dejad de perseguirlos!

Ferozmente, el griego alzó el puño según su costumbre. Mientras tanto mi mente no permanecía inactiva y por fin una idea surgió en mi cerebro.

Avanzamos lastimosamente durante la nueva bordada al viento. Até un trozo de cuerda a un pequeño gancho que había encontrado en el sumidero y amarré el otro extremo del cabo al eslabón de barboquejo; luego, guardando en mi poder el gancho, esperé la ocasión para poder utilizarlo.

Una vez más hicieron su descenso a babor y nos lanzamos sobre ellos con el viento en popa. Nos acercábamos cada vez más y yo fingía quererlos atrapar como antes. La popa del bote se encontraba apenas a dos metros de mí y los italianos se burlaban descaradamente de nosotros en el momento en que alcanzaban la bovedilla trasera del barco.

Súbitamente me levanté y lancé el gancho de hierro. Alcanzó su objetivo y se enganchó plenamente en la borda de la embarcación, que fue arrastrada bruscamente fuera de su refugio cuando la cuerda se tensó bajo la acción de nuestro barco.

De la fila de espectadores surgió un gruñido que pronto se mudó en una formidable carcajada: uno de los italianos había sacado un largo cuchillo y cortaba el cabo. Pero nuestros adversarios ya no se sentían seguros, y desde su sitio en la cámara trasera Charley se inclinó y agarró el bote por la popa.

La escena apenas había durado un segundo: en el momento en que el primer italiano cortaba la cuerda y Charley se agarraba a la borda, el segundo italiano le asestó un golpe en la cabeza con el remo. Charley soltó la presa y se derrumbó, aturdido, en el salmonero. Los italianos se inclinaron sobre los remos y una vez más se metieron bajo la bovedilla del *Lancashire Queen*.

El griego, apoderándose a la vez del timón y de la escota, continuó solo la persecución, mientras yo me ocupaba de Charley, cuyo cráneo se adornaba con un chichón que se hinchaba por momentos. El gozo de los espectadores alcanzaba su punto álgido y, unánimemente, animaban a los italianos. Charley se levantó, con una mano sobre la cabeza, y miró a su alrededor con aire amenazador.

—¡Esta vez no les dejaremos escapar! —exclamó, sacando el revólver de su funda.

A la siguiente vuelta amenazó a los italianos con el arma, pero éstos siguieron remando tranquilamente, conservando su ritmo, sin preocuparse lo más mínimo por Charley.

—¡Deteneos o disparo! —dijo éste.

La terminante orden no produjo ningún efecto, así como tampoco las balas que siguieron y que pasaron por encima de sus cabezas. Los italianos sabían tan bien como nosotros que Charley nunca se atrevería a disparar sobre unos fugitivos desarmados; por lo tanto prosiguieron su ronda alrededor del barco.

—¡No les dejemos! El cansancio acabará por vencerlos. ¡Muy pronto estarán sin aliento! —exclamó Charley.

Así pues, la caza prosiguió. Veinte veces seguidas dimos, con ellos, la vuelta al *Lancashire Queen* y por fin constatamos que sus músculos de acero empezaban a flaquear. Estaban casi agotados; unas vueltas más y se rendirían, cuando bruscamente la situación cambió de aspecto.

En el momento de la carrera en que teníamos el viento en contra, iban más rápido que nosotros y ya habían recorrido más de la mitad del largo del navío a sotavento mientras nosotros sólo estábamos a la altura de la proa. Pero esta vez, cuando dimos la vuelta a la proa, los vimos ponerse a salvo por la escalera de bordo, que había sido momentáneamente bajada. El complot de los marineros había sido efectuado, con toda evidencia, con el consentimiento del capitán, ya que en el momento en que nos acercamos al lugar en que la escalera había sido bajada, ésta fue izada a bordo, y el bote suspendido en los pescantes del navío se balanceaba sobre nosotros fuera de nuestro alcance.

El diálogo intercambiado entre el capitán y Charley fue tan breve como categórico. El capitán nos prohibía absolutamente subir a bordo del *Lancashire Queen* y se negaba enérgicamente a entregarnos a los dos hombres. En ese momento Charley estaba tan furioso como el griego. No sólo había sufrido una lastimosa derrota tras una larga y ridícula persecución, sino que había estado a punto de ser molido a golpes por sus adversarios.

—¡Los tiparracos ésos me han dejado un chichón! —decía indignado, golpeando uno de sus puños en la palma de la otra mano—. ¡Pues me las pagarán! No me moveré de aquí sin haberme vengado, aunque tenga que pasarme el resto de mis días. ¡No se me escaparán, tan cierto como me llamo Charley Le Grant!

Comenzó entonces el sitio del *Lancashire Queen*, sitio tan memorable en los anales de los pescadores como en los de la Patrulla Pesquera. Cuando el *Reindeer* volvió después de una persecución en vano de la flotilla de pesca, Charley rogó a

Neil Partington que le enviara su propio salmonero con mantas, víveres y un hornillo de madera. El intercambio de barcos tuvo lugar antes de la puesta de sol, y nos separamos de nuestro griego, que fue conducido a Benicia y encarcelado por haber infringido la ley.

Después de cenar, Charley y yo hicimos guardias alternativas, cada cuatro horas, hasta la salida del sol. Aquella noche los italianos no intentaron huir, aunque el navío inglés había mandado un bote de exploración para asegurarse de que el peligro había pasado.

Al día siguiente, comprendiendo que debíamos llevar a cabo un sitio en toda regla, pensamos en cómo perfeccionar nuestra táctica. El muelle Solano, que costeaba la orilla de Benicia, contribuyó a la realización de nuestro plan. Por pura casualidad, el *Lancashire Queen*, la orilla del astillero de Turner y el muelle Solano formaban las puntas de un gran triángulo equilátero. Del buque al astillero, lado del triángulo por el que debían huir nuestros italianos, había la misma distancia que del muelle Solano al astillero, lado del triángulo que debíamos seguir nosotros para llegar a la costa antes que ellos. Podíamos, gracias a nuestra vela, ganar en velocidad a los remeros y permitirles recorrer la mitad de la distancia antes de ponernos en camino. Pero si les dejábamos sobrepasar aquella mitad, nos ganarían sin lugar a dudas en la carrera hacia la orilla; por otra parte, si arrancábamos antes de que estuvieran a medio camino, les dábamos tiempo a volver impunemente al buque.

Una línea imaginaria trazada desde el muelle Solano hasta un molino de viento situado en la orilla opuesta dividía en dos partes iguales el lado del triángulo que tomarían los italianos para llegar a tierra. Esta línea nos ayudó a localizar el punto preciso hasta el que dejaríamos avanzar a los fugitivos antes de lanzarnos en su persecución.

Día tras día les veíamos, a través de los prismáticos, aventurarse remando tranquilamente hacia el punto determinado por nosotros; cuando se acercaban, saltábamos al salmonero y poníamos la vela. Cuando nos veían, daban media vuelta y volvían al *Lancashire Queen*, seguros de que no los podríamos alcanzar.

En previsión de posibles calmas, en las que nuestro salmonero a vela sería inútil, teníamos a nuestra disposición un bote ligero provisto de remos en forma de cuchara. Cuando no había viento estábamos obligados a abandonar el muelle tan pronto como se alejaban del navío. Además, durante la noche, había que vigilar las inmediaciones del *Lancashire Queen*, y Charley y yo debíamos montar la guardia en turnos de cuatro horas. Sin embargo, los italianos parecían preferir huir en pleno día, de manera que nuestras largas horas en vela no servían para nada.

—Me da rabia privarme de mi cómoda cama mientras esos bribones duermen tranquilamente ahí abajo —decía Charley—. ¡Pero les pesará! Les forzaré a permanecer tanto tiempo en ese navío que el capitán tendrá que cobrarles alquiler.

Nos encontrábamos ante un problema extremadamente arduo: mientras les vigilábamos, a los italianos les era imposible escapar; si maniobraban con prudencia, no los podíamos coger. Charley no dejaba de exprimirse el cerebro, pero por una vez la imaginación le falló. La única solución parecía ser la paciencia. Se trataba de esperar: el que aguantara más tiempo ganaría la partida.

Aún aumentó más nuestro furor, pues amigos de nuestros italianos establecieron un código de señales entre el *Lancashire Queen* y la orilla, lo cual nos impedía abandonar ni un solo instante nuestro puesto de observación. Por otra parte, uno o dos pescadores, de aspecto más bien sospechoso, rondaban las aguas del muelle Solano y espiaban todos nuestros movimientos. No podíamos hacer más que tascar nuestro freno, según la expresión de Charley. Mientras tanto, aquel sitio absorbía todo nuestro tiempo, en detrimento de nuestras otras ocupaciones.

Los días transcurrían sin que la situación cambiara lo más mínimo. No es que no se intentara nada para remediarlo. Una noche, dos amigos de los italianos abandonaron la orilla en un bote y trataron de engañarnos mientras los delincuentes abandonaban el *Lancashire Queen*. Su artimaña fracasó a causa de la falta de aceite en los pescantes del navío. Los chirridos de los pescantes llegaron hasta nosotros, abandonamos la persecución del bote y llegamos al *Lancashire Queen* en el preciso momento en que los italianos bajaban su canoa.

Otra noche, media docena de barquitos empezaron a circular a nuestro alrededor en las tinieblas, pero esta vez no dejamos de vigilar el navío y nuestros dos italianos, furiosos al ver venirse abajo su plan, nos llenaron de injurias.

Charley se reía a solas en el fondo del barco.

—Es una buena señal —me dijo—. Cuando un hombre recurre al insulto, créeme, es que su paciencia se está agotando. Y cuando se pierde la paciencia, no tarda en perderse la cabeza. Escucha bien lo que te digo: si sabemos aguantar hasta el final, un buen día cometerán una distracción y les echaremos el guante.

Sin embargo, cada vez eran más desconfiados, y Charley tuvo que reconocer que sus pronósticos eran equivocados. La resistencia de aquellos italianos igualaba a la nuestra, y la segunda semana de sitio se hizo larga y monótona. Entonces la imaginación de Charley le sugirió una idea. Peter Boyelen, un nuevo patrullero que los pescadores no conocían, acababa de llegar a Benicia. Le pusimos al corriente de nuestro proyecto. A pesar de toda nuestra discreción, no sé cómo el secreto trascendió y los italianos fueron avisados por sus amigos de la orilla para que estuvieran en alerta constantemente.

La noche fijada para llevar a cabo nuestro ardid, Charley y yo montamos en un bote y fuimos a apostarnos, como de costumbre, no lejos del *Lancashire Queen*. Al oscurecer, Peter

Boyelen salió en un horrible barcucho. Cuando oímos el ruido de sus remos nos alejamos en medio de la oscuridad y aguardamos a que se desarrollasen los acontecimientos, con los brazos cruzados sobre los remos. Al llegar al portalón del *Lancashire Queen* saludó al hombre que estaba de guardia, le preguntó la dirección del *Scottish Chiefs*, otro carguero de trigo, hizo zozobrar expresamente su barco y luego cayó al mar. El vigía bajó corriendo la escalera del portalón y lo sacó del agua.

Nuestro patrullero pensaba subir a bordo del navío, pasar al puente y bajar a calentarse y a secar sus ropas. Pero el capitán, nada hospitalario, lo dejó encaramado en el último escalón del portalón, temblándole todo el cuerpo, con los pies en el agua, hasta que, compadecidos, salimos de las tinieblas para ir a buscar a nuestro hombre. Las burlas de la tripulación, que se había despertado, resonaron cruelmente en nuestros oídos; los mismos italianos se inclinaron sobre la borda y se burlaron a costa nuestra.

—¡Está bien! —me susurró Charley en voz baja—. Consolémonos con no ser los primeros en reír y conservemos nuestra hilaridad para el final, ¿verdad, hijo?

Al decir esto me dio una palmadita en el hombro, pero discerní que en su voz había más decisión que esperanza.

Podríamos haber recurrido a la policía regular de Estados Unidos y abordar el buque inglés con el apoyo de la autoridad. Pero las instrucciones del servicio de los pescadores obligan a los patrulleros a evitar cualquier complicación y si, en este caso, hubiéramos apelado a los poderes superiores, habríamos corrido el riesgo de provocar, aunque parezca imposible, problemas internacionales bastante molestos.

La segunda semana de sitio tocaba a su fin, y todos permanecíamos en nuestras posiciones. En la mañana del catorceavo día algo vino en nuestra ayuda, pero de una forma tan inesperada que experimentamos una sorpresa igual a la de los hombres que intentábamos capturar.

Tras nuestra vigilancia nocturna a lo largo del *Lancashire Queen*, Charley y yo volvimos, como cada mañana, al muelle Solano.

—¡Vaya! —exclamó Charley, muy extrañado—. ¿Tendré telarañas en los ojos? ¿Has visto alguna vez en tu vida una embarcación como ésa?

Amarrada al muelle vi, en efecto, la lancha motora más extraordinaria del mundo.

No debería designar aquel barco con ese nombre, pero se parecía mucho más a una lancha motora que a cualquier otra clase de embarcación. Medía veintidós metros de largo, pero era tan estrecho y pobre de superestructura que parecía más pequeño de lo que era en realidad. Construido enteramente en acero, estaba pintado de negro. Tres chimeneas, bastante distantes la una de la otra y muy inclinadas hacia atrás, estaban situadas sobre una sola línea en medio del navío. Su popa larga y afilada, tan delgada como la hoja de una cuchilla, indicaba claramente que el barco estaba construido pensando en la velocidad. Al pasar bajo su popa leímos la palabra *Streak* pintada en minúsculas letras blancas.

Muertos de curiosidad, Charley y yo subimos a bordo y trabamos conversación con un mecánico que, de pie sobre el puente, contemplaba la salida del sol. Contestó a nuestras preguntas de muy buen grado y al cabo de pocos minutos supimos que el *Streak* había llegado la víspera por la tarde de San Francisco, que era su primer viaje y que pertenecía a Sillas Tate, joven millonario californiano locamente aficionado a la velocidad. Habló de turbinas, de aplicación directa del vapor, de la ausencia de pistones, y de bielas..., de toda clase de temas que sobrepasaban mis conocimientos técnicos, ya que sólo me apasionaba la navegación a vela; sin embargo, capté el sentido de las últimas palabras del mecánico.

—Cuatro mil caballos de vapor y cuarenta y cinco millas por hora. Os dejo pasmados, ¿eh? —concluyó con orgullo.

—¡No, no es posible! ¡No he oído bien! —exclamó Charley muy excitado.

—Cuatro mil caballos de vapor y cuarenta y cinco millas por hora —repitió el mecánico, riéndose llanamente.

—¿Dónde está el propietario? —preguntó rápidamente Charley—. ¿Podría hablar con él?

El mecánico movió la cabeza.

—No, ahora no. Está durmiendo.

En aquel momento un hombre joven vestido de azul subió al puente y se detuvo un poco más lejos hacia la parte trasera para mirar salir el sol en el horizonte.

—¡Ahí está! Es él..., es Tate —anunció el mecánico.

Charley fue hacia Tate y le dirigió la palabra. El joven le escuchó con una expresión divertida en el rostro. Sin duda debió inquietarse por la profundidad del agua en las proximidades del astillero de Turner, ya que vi a Charley hacer muchos gestos, dándole explicaciones. Unos minutos más tarde mi compañero volvió a mi lado, desbordante de alegría.

—¡Rápido! Bajemos al muelle —me dijo—. ¡Esta vez ya los tenemos!

La suerte quiso que abandonásemos el *Streak* antes de que apareciera uno de los pescadores espías. Charley y yo volvimos a nuestro sitio habitual en el borde del muelle, un poco delante del *Streak* y justo por debajo de nuestro barco, desde donde podíamos vigilar cómodamente el *Lancashire Queen*.

No se produjo ningún acontecimiento antes de las nueve; en aquel momento, los dos italianos abandonaron el buque inglés y recorrieron su lado de triángulo hacia la orilla.

Charley observó tranquilamente la barca de los fugitivos y, antes de que hubieran cubierto un cuarto de la distancia, me confió:

—Cuarenta y cinco millas por hora..., nada puede salvarlos..., ¡esta vez ya los tenemos!

Los dos remeros casi estaban llegando a la altura del molino de viento. En este punto era cuando generalmente nosotros saltábamos a nuestro salmonero e izábamos la vela, y los dos hombres, que esperaban esta maniobra, constataron con sorpresa que no dábamos ninguna señal de vida.

Cuando estuvieron completamente a la altura del molino de viento, es decir, a igual distancia del navío que de la costa, y más cerca de la costa de lo que les habíamos permitido remar hasta entonces, la desconfianza se apoderó de ellos. Lo observamos a través de nuestros prismáticos: de pie en el bote, intentaban ver qué era lo que estábamos haciendo. El pescador espía, sentado a nuestro lado en el borde del muelle, tampoco dejaba de estar intrigado por nuestra indolencia.

Mientras tanto, los italianos del bote continuaban avanzando; al llegar cerca de la orilla se levantaron de nuevo y escrutaron la playa como si sospechasen que estábamos escondidos. Pero desde la orilla un hombre agitó un pañuelo en señal de que no había ningún peligro. Los dos italianos, tranquilizados por la señal, se inclinaron sobre sus remos y se pusieron a remar cada vez más deprisa. Charley aún no se movía.

Cuando el bote hubo salvado tres cuartos de la distancia del *Lancashire Queen* a la orilla, con lo cual sólo les quedaba un cuarto de milla por recorrer, Charley me dio una palmada en el hombro mientras gritaba:

—¡Esta vez ya está! ¡Los tenemos!

Saltamos rápidamente al *Streak*, cuyas amarras delanteras y traseras fueron largadas en un abrir y cerrar de ojos, y éste pegó un brinco hacia delante y se alejó del embarcadero. El espía que habíamos dejado sobre el muelle sacó un revólver y disparó cinco tiros al aire.

Los italianos del bote comprendieron esta señal, ya que los vimos redoblar al instante sus energías y remar como locos.

Pero su velocidad no podía compararse con la nuestra. Rozábamos, por así decirlo, la superficie líquida. Nos desplazábamos con tal rapidez que una ola rompía a cada lado de nuestra popa y la espuma, detrás, se elevaba en una serie de tres olas que verticalmente se erguían, formando en la popa un enorme rulo de cresta espumante que nos perseguía ávidamente y a cada momento parecía querer derrumbarse dentro del barco y engullirnos.

El *Streak* jadeaba y vibraba como un ser viviente, virando con un viento de cuarenta y cinco millas. Imposible hacerle frente sin quedarse sin respiración. El humo de las chimeneas se doblaba en ángulo recto con la perpendicular. En realidad, íbamos tan deprisa como un tren expreso.

En cuanto a los italianos, apenas nos habíamos puesto en camino cuando ya nos abalanzamos sobre ellos. Tuvimos, evidentemente, que aminorar la marcha antes de llegar a su altura. No obstante, pasamos delante de ellos como una tromba, y tuvimos que volver atrás y describir un círculo para situarnos entre ellos y la orilla. Entonces, reconociéndonos a Charley y a mí, se dieron por vencidos, recogieron los remos y tristemente se dejaron apresar.

—Dime, Charley —le preguntó Neil Partington cuando discutíamos juntos el asunto sobre el embarcadero—, me gustaría saber dónde entra en juego esta vez tu famosa imaginación.

Fiel a su manía, Charley no se dejó desanimar por ello.

—La imaginación —repitió, señalando con el dedo el Streak—. Mirad un poco ese ingenio y respondedme francamente: ¿la invención de una máquina como ésa no es el fruto de una imaginación prodigiosa?

—Reconozco —añadió— que se trata de la imaginación de otro, pero ¿ha funcionado peor por ello?

LA ESTRATEGIA DE CHARLEY
(Charley's coup)

Un día, Charley y yo apresamos de un golpe, y remolcamos, a una veintena de merodeadores completamente rabiosos. Fue, me parece, nuestra hazaña más cómica, pero también la más peligrosa. En cuanto a los pescadores delincuentes, nunca el desafío desvergonzado de la ley fue castigado de manera tan enérgica y despiadada.

Desde la apertura de la pesca del salmón, los pescadores estaban autorizados a coger tanto pescado de aquella clase como su barco pudiera contener. Pero esta libertad comportaba una restricción importante: desde la puesta del sol del sábado hasta la aurora del lunes estaba expresamente prohibido echar una red al mar. Sabia precaución por parte del Servicio de la Pesca; era necesario, en efecto, dar a los peces el tiempo de remontar el río para ir a depositar los huevos. Hasta entonces este reglamento había sido en general respetado por los griegos que apresaban el salmón para las fábricas de conservas y la venta en los mercados.

Ahora bien, un domingo por la mañana Charley fue advertido por una llamada de teléfono de uno de sus amigos de Collinsville que la flotilla entera de pescadores había salido a echar las redes. Prontamente Charley y yo saltamos al salmonero y singlamos hacia el lugar del delito. Impulsados por una buena brisa, cruzamos los estrechos de Carquinez, la bahía de Suisun y, tras sobrepasar el faro de la isla Ship, sorprendimos a la flotilla en pleno trabajo.

Permitidme ante todo describir los métodos utilizados para esta clase de pesca. Los merodeadores se servían de una red para agallas, es decir, provista de simples mallas en forma de rombos con una distancia de al menos veinte centímetros entre los nudos. De 150 a 200 o incluso 250 metros de largo, estos dispositivos no tienen más que algunos metros de ancho, y en vez de permanecer estacionarios flotan con la corriente del agua, con el borde superior retenido en la superficie por medio de flotadores, mientras que la parte inferior, cargada con el peso, se hunde.

Tal dispositivo tensa la red verticalmente en medio de la corriente y sólo permite a los peces pequeños remontar el río. Los salmones, que por lo general nadan cerca de la superficie, sumergen primero la cabeza en las mallas de la red y no pueden avanzar debido a la anchura de su cuerpo; por otra parte, no pueden retroceder, ya que sus agallas quedan atrapadas en las mallas.

Hacen falta dos pescadores para esta clase de operación: uno rema mientras el otro, de pie en la parte trasera, desenrolla las mallas con cuidado. Cuando la red está completamente tirante, los hombres atan su barco a uno de los extremos y se dejan llevar por la corriente.

Cuando llegamos ante la flotilla de los delincuentes, cada barco estaba apostado a dos o trescientos metros de su vecino y, hasta donde alcanzaba la vista, la superficie del río estaba cubierta de embarcaciones y de redes.

—Mi único pesar —me dijo Charley—, es no poseer un centenar de brazos para apresarlos a todos de una sola vez. En las circunstancias actuales sólo podremos coger, a lo sumo, un barco. En ese tiempo, los demás aprovecharán para sacar las redes del agua y salir corriendo ante nuestras narices.

Nuestra llegada no suscitó ninguna emoción entre los pescadores, a los que normalmente nuestra aparición llenaba de agitación. Cada barco seguía a su red y los pescadores no nos prestaban la más mínima atención.

—Es curioso —murmuró Charley—. ¿Será posible que no nos reconozcan?

Era, en efecto, inadmisible pensar que todos aquellos hombres que nos conocían, por desgracia, demasiado bien, fingieran ignorar hasta tal punto nuestra presencia.

Sin embargo, cuando llegamos a la red más cercana los pescadores a los que pertenecía desataron su barca y remaron tranquilamente hacia la orilla. En cuanto a los otros, continuaron como si tal cosa.

—Qué raro —señaló Charley—. En cualquier caso, podremos confiscar la red.

Amainamos la vela, cogimos un extremo de la red y empezamos a subirla a bordo, pero a la primera brazada el silbido de una bala, que fue a dar en el agua, fue seguido de la débil detonación de un fusil. Los hombres, que habían llegado a la orilla, disparaban ahora sobre nosotros. A la segunda brazada otra bala silbó en nuestros oídos y casi nos rozó. Charley enrolló la red en una cornamusa y se detuvo un momento. Los disparos cesaron. Pero cuando volvió a tirar de la red, empezaron de nuevo.

—Ya tenemos la respuesta —dijo tirando el extremo de la red por la borda.

Nos dirigimos entonces hacia la segunda red, pues Charley quería comprobar si estábamos expuestos a una revuelta organizada. Al acercarnos, los dos pescadores largaron su red y alcanzaron la orilla, mientras los dos primeros volvían remando y amarraban la red que acabábamos de abandonar. En la segunda red nos acogió una salva de disparos de fusil.

Nos fuimos hacia la tercera, donde se repitió la misma táctica.

Derrotados por completo, izamos la vela y emprendimos el largo viaje en zigzag y con el viento en contra para regresar a Benicia.

Durante varios domingos seguidos la ley fue transgredida abiertamente. A menos que llamáramos a una compañía de soldados armados, no podíamos intentar nada contra aquellos piratas. Habían descubierto un procedimiento inédito y lo utilizarían hasta que pusiéramos las cosas en su sitio.

Por esta época Neil Partington llegó de la Bahía Inferior, donde se había quedado unas cuantas semanas. Venía acompañado de Nicolás, el joven griego que nos había ayudado a capturar a los ladrones de ostras, y los dos nos echaron una mano. Establecimos un plan largamente meditado: mientras Charley y yo izábamos las redes a bordo, Neil y el griego se emboscarían a lo largo de la orilla para sorprender a los pescadores que desembarcarían con la intención de disparar sobre nosotros.

La estrategia no carecía de astucia; el mismo Charley tuvo que reconocerlo. Pero los griegos nos ganaron la partida. Desbarataron nuestros planes, pues fueron ellos los que se apoderaron de Neil y de Nicolás y los retuvieron prisioneros, disparándonos a cubierto apenas nos dispusimos a recoger sus redes.

Vencidos una vez más, tuvimos que alejarnos. Neil Partington y Nicolás fueron liberados. Se reunieron con nosotros con aire avergonzado. Charley los pinchó sin piedad. Neil le pagó con la misma moneda, asombrándose de que la imaginación de Charley no hubiera descubierto mucho antes el medio eficaz para hacer observar el reglamento del Servicio de la Pesca.

—Paciencia, acabaré por encontrarlo —prometió Charley.

—Sin ninguna duda —consintió Neil—. Pero me temo mucho que en la espera el salmón sea exterminado, y que tu idea milagrosa no sirva para nada.

Neil Partington, furioso por el contratiempo, regresó a la Bahía Inferior, abandonándonos a Charley y a mí con nuestros propios recursos. En otras palabras, la pesca dominical proseguiría hasta el día en que Charley tuviera una inspiración luminosa.

Al igual que él, yo me exprimía las meninges para descubrir una estratagema capaz de forzar a los griegos a respetar la ley; y a los dos se nos ocurrieron varios proyectos que, cuando los discutíamos, se nos revelaban tan malos los unos como los otros.

En cuanto a los delincuentes, se lo pasaban en grande, y a lo largo de todo el río Sacramento su arrogancia hacía aumentar nuestra humillación. La insubordinación crecía visiblemente entre todos los pescadores. Nuestro fracaso alentaba la desobediencia y la falta de respeto engendraba el desprecio. Hablando de Charley, decían «la viejecita», y yo era el «mequetrefe». La situación se hacía intolerable. Si queríamos ganarnos de nuevo la deferencia que no hacía mucho inspirábamos a aquellos griegos, había que asestar un gran golpe.

Una bella mañana surgió la famosa idea. Nos encontrábamos en el muelle reservado al atraque de los barcos a vapor de servicio en el río Sacramento. Cerca de nosotros, un grupo de marineros y de curiosos se agrupaban alrededor de un tipo joven calzado con botas de marino y le escuchaban explicar sus desventuras. Pescador aficionado, vendía el producto de su pesca en el mercado local de Berkeley, ciudad situada en la Bahía Inferior, a una cincuentena de kilómetros de la desembocadura del río Sacramento. La víspera por la tarde, después de haber puesto su red, se había quedado dormido en el fondo de su barca.

No se despertó hasta el día siguiente por la mañana y, al abrir los ojos, se dio cuenta de que su barco rozaba suavemente los pilotes del muelle de los cargueros de Benicia. En el mismo momento vio, a poca distancia frente a él, el vapor fluvial *El Apache*: dos hombres de la tripulación se dedicaban a desenredar los jirones de su red, atrapada entre las paletas de la rueda.

En una palabra, he aquí lo que había pasado. Mientras el joven dormía, su linterna se había apagado y *El Apache* había arrastrado su red. Aunque desgarrada en varios sitios y completamente embrollada, la red había servido de remolque a la embarcación, que fue arrastrada a una cincuentena de kilómetros de su puerto de atraque.

Charley me dio un codazo. Al punto comprendí lo que pensaba, pero objeté:

—¡Pero no podemos fletar un carguero!

—No tengo la más mínima intención. Pero vayamos al astillero de Turner. Allí encontraré lo que me hace falta.

Nos fuimos, pues, al muelle de Turner y Charley me condujo a la cala de sirga donde el *Mary-Rebecca* estaba depositado sobre los diques donde debía ser carenado y revisado. Aquella pesada goleta, que tan bien conocíamos, calaba 140 toneladas y llevaba una superficie de lona mayor que ninguna de las otras goletas de la bahía.

—¡Hola, Ole! —gritó Charley a un sueco que vestía un mono azul y que engrasaba las mordazas del cuerno de la vela mayor con una corteza de tocino.

El interpelado masculló unos buenos días, tiró de su pipa y volvió al trabajo. Se considera que el capitán de una goleta debe ponerse a trabajar al igual que los hombres de su tripulación.

Ole Ericsen confirmó la opinión de Charley: el *Mary-Rebecca* remontaría hasta el río San Joaquín, no lejos de Stekten, para tomar un cargamento de trigo. Entonces Charley hizo una proposición al viejo marino, pero Ole Ericsen movió enérgicamente la cabeza.

—Un simple garfio, un garfio de gran tamaño —repetía Charley.

—No, no quiero —contestó Ole Ericsen—. El *Mary-Rebecca* se encallaría en cada banco de barro con ese gancho. Esta goleta representa todo lo que poseo y no tengo ningún interés en perderla.

—Que no, ¡no temas nada! —se apresuró a decir Charley—. Introduciremos el extremo superior del gancho desde fuera, a través del fondo del barco, y lo fijaremos en el interior con ayuda de una tuerca. Cuando ya no lo necesitemos, para sacarlo nos bastará con bajar a la bodega, desenroscar la tuerca y el gancho caerá por su propio peso. Volveremos a tapar el agujero con una clavija de madera y el *Mary-Rebecca* no sufrirá ningún daño.

Ole Ericsen se mostró indeciso un buen rato, pero después de la copiosa comida que le ofrecimos acabó por ceder.

—¡De acuerdo, rayos y truenos! —exclamó, golpeando su enorme puño en la palma de la otra mano—. Pero tendréis que daros prisa, porque el *Mary-Rebecca* se deslizará al agua esta misma noche.

Aquel día era sábado y Charley también tenía razones para apresurarse. Nos fuimos a casa del herrero del astillero, donde, siguiendo las indicaciones de Charley, nos fabricaron un garfio de acero redondeado. Nos lo llevamos a bordo del *Mary-Rebecca*. Detrás de la orza, a través de lo que le servía de quilla, hicimos un agujero. Desde fuera, introdujimos la punta del garfio y Charley, desde el interior, enroscó fuertemente la tuerca.

Una vez terminada la operación, el gancho sobrepasaba en 35 centímetros el fondo de la goleta. Su curva se parecía a la de una hoz, pero más acentuada.

Hacia el atardecer, el *Mary-Rebecca* fue lanzado al agua y los preparativos para la expedición rápidamente se completaron. Aquella noche, Charley y Ole interrogaron con inquietud el cielo para descubrir algún indicio de viento, ya que sin una buena brisa nuestro plan estaba destinado al fracaso. Descubrieron señales seguras de un fuerte viento del oeste…, no era la brisa habitual de la tarde, sino una brisa endiablada que ya empezaba a levantarse.

A la mañana siguiente sus previsiones se confirmaron. El sol brillaba con todo su esplendor, pero soplaba un violento vendaval en los estrechos de Carquinez y el *Mary-Rebecca* se puso en ruta con dos rizos en la vela mayor y uno en la trinquetilla. El mar estaba encrespado en los estrechos y en la bahía de Suisun, pero a medida que penetrábamos en aguas más protegidas por las riberas estaba más calmado, aunque la fuerza del viento no disminuía.

Pasado el faro de la isla Ship, largamos los rizos; Charley sugirió que tuviéramos lista para izar una vela mayor de estay de barco de pesca, y la espiga, enrollada en una capa contra el mástil, fue subida hasta su sitio para poder colocar la vela en el momento preciso.

Con viento en popa, surcamos las aguas a toda velocidad, con las velas desplegadas en abanico, la trinquetilla a estribor y la vela mayor a babor. Así llegamos hasta la flotilla de pescadores de salmones. Estaban allí, ante nosotros, los barcos con sus redes colocadas a lo largo del río hasta donde alcanzaba la vista, como en aquel domingo de nuestro primer fracaso.

A la derecha había un estrecho pasaje reservado a los cargueros, y el resto del río estaba cubierto por las redes, extendidas a lo largo. Por lógica, tendríamos que haber pasado por el pasaje de la derecha, pero Charley, que llevaba el timón, condujo al *Mary-Rebecca* directamente hacia las redes.

Los pescadores no se alarmaron demasiado, ya que los veleros de río tienen unas quillas de «talones» especiales que les permiten deslizarse sobre las redes sin que éstas se enganchen.

—¡Ya pican! —exclamó Charley, mientras pasábamos sobre una línea de flotadores, que anunciaba la indudable presencia de una red.

En un extremo de esta línea había un barrilete, a modo de boya, y en el otro estaban los dos pescadores en su barca. La boya y el barco se fueron acercando poco a poco y los pescadores, sacudidos por la brusquedad del movimiento, se pusieron a gritar, siguiéndonos a remolque. Dos minutos más tarde enganchamos una segunda red, luego una tercera, y así pasamos a toda velocidad en medio de toda la flotilla.

La consternación de los pescadores era asombrosa. Boyas y barcas se dirigían las unas hacia las otras desde que agarrábamos la red por la mitad, y se veían arrastradas a tal velocidad que los pescadores tenían que vigilar que su barco no se hiciera añicos contra las otras embarcaciones. Los pescadores, creyendo estar ante un puñado de marineros de agua dulce en estado de embriaguez, nos gritaban que orzáramos. ¡No podían imaginarse que formábamos parte de la Patrulla Pesquera!

El arrastre de una sola red ya es de por sí bastante difícil, por lo que Charley y Ole Ericsen convinieron que, aunque tuviéramos un viento tan favorable, diez redes constituían una presa suficiente para el *Mary-Rebecca*. Cuando tuvimos diez redes detrás de nosotros, con diez barcas conteniendo dos hombres cada una, viramos para separarnos de la flota y poner rumbo hacia Collinsville.

Radiante, Charley llevaba el timón como el que regresa triunfador de una regata. Los dos marinos que formaban la tripulación del *Mary-Rebecca* se reían y hacían bromas, mientras que Ole Ericsen, presa de una alegría juvenil, se frotaba sus grandes manos.

—¡Eh! ¡Sin el viejo Ole Ericsen, esta vez también hubierais vuelto con las manos vacías!

Fue interrumpido por un disparo de fusil que crujió en la parte trasera: una bala arañó la pintura fresca de la cabina, rebotó en un clavo y silbó en el aire.

Aquello era demasiado para el pobre Ericsen. A la vista de su bonito trabajo estropeado de esta manera, alzó un puño amenazador hacia los pescadores. Una segunda bala fue a estrellarse en la cabina, a veinte centímetros apenas de su cabeza. Se echó sobre el puente al abrigo de la borda.

Todos los delincuentes estaban armados y pronto se desencadenó un tiroteo en toda regla. Tuvimos que escondernos todos y el mismo Charley tuvo que abandonar momentáneamente el timón. Si no hubiera sido por las redes que remolcábamos, hubiéramos estado a merced de los pescadores rabiosos: por suerte, las redes, enganchadas bajo el

Mary-Rebecca, mantenían la parte trasera de nuestro barco en el viento, y seguimos haciendo nuestro camino, aunque con algunos zigzags.

Charley, tumbado sobre el puente, apenas podía sostener los barrotes más bajos de la rueda y mantenía el rumbo con grandes dificultades. Entonces Ole Ericsen bajó a la bodega vacía y volvió a subir con una gran plancha de acero que provenía del *New Jersey*, un navío que se había hundido más allá del Golden Gate, en cuyo salvamento había participado el *Mary-Rebecca*.

Arrastrándonos con cuidado sobre el puente, Ole y yo transportamos la gruesa hoja de acero a la parte de atrás y la colocamos como una pantalla entre los pescadores y el timón. Las balas se estrellaban con estrépito sobre el metal, pero Charley se reía burlonamente en su refugio y continuaba pilotando el barco con calma.

Íbamos a toda velocidad: detrás nuestro, los griegos, furiosos, no dejaban de injuriarnos a voz en grito, mientras una lluvia de balas caía a nuestro alrededor. Nos acercábamos a Collinsville.

—Ole —dijo Charley en voz baja—, ¿qué vamos a hacer ahora?

Ole Ericsen, tendido sobre la espalda contra el costado del barco, se volvió de lado y miró a su interlocutor.

—Fondeemos en Collinsville —dijo el capitán.

—No había pensado en ello, pero nos es imposible detenernos allí —gruñó Charley.

La ancha cara de Ole Ericsen adquirió una expresión consternada. Las vacilaciones de Charley estaban sobradamente justificadas. Arrastrábamos detrás de nosotros un nido de serpientes: si nos deteníamos en Collinsville, en poco tiempo los reptiles nos saltarían encima.

—Todos esos tipos están provistos de fusiles —señaló uno de los marineros.

—Y de cuchillos —añadió su compañero.

Era el turno de Ole Ericsen para lamentarse:

—¿Por qué yo, un sueco, me he metido en este asunto? ¡Caray, no tenía nada que ver en todo esto!

Una bala rebotó en la popa y pasó a estribor silbando como un insecto maligno.

—Lo único que nos queda es acercar el *Mary-Rebecca* a la costa y ¡sálvese quien pueda! —declaró el chistoso marino.

—¿Y abandonar el *Mary-Rebecca*? —preguntó Ole, con un horror indescriptible en su voz.

—Como quieras —le respondieron—, pero a mí no me atrae la idea de encontrarme en alta mar cuando esos tunantes suban a bordo... —prosiguió el marino, señalando con el dedo a los griegos que remolcábamos.

En aquel momento llegábamos a la altura de Collinsville, pero pasamos a toda velocidad ante su embarcadero.

—¡Mientras el viento no afloje! —suspiró Charley, echando una mirada a sus prisioneros.

—¿Qué importa el viento? —gimió Ole—. Es el río el que nos jugará una mala pasada y entonces..., entonces...

—Podemos marcharnos lo más rápidamente posible y dejar atrás a los griegos —dijo el chistoso marino, mientras Ole se preguntaba balbuceante qué pasaría cuando alcanzaran el extremo del río.

Acabábamos de llegar a la confluencia de los ríos Sacramento y San Joaquín. El marino se arrastró hasta la popa del barco y cambió de bordo la trinquetilla. Charley puso el timón a estribor y torcimos hacia el río San Joaquín. El viento, que hasta aquel momento nos impulsaba directamente hacia delante, nos venía ahora de lado y el *Mary-Rebecca* se inclinaba a babor, como si fuera a volcar.

Sin embargo seguíamos nuestro camino, arrastrando siempre a la flotilla de los pescadores griegos. Sus redes valían más que las multas que tuvieran que pagar por haber infringido la ley y, por tanto, no intentarían de ninguna manera escapar abandonando las redes, como cómodamente podrían haber hecho. Todo el mundo sabe que un pescador se siente instintivamente unido a su red como un marino a su barco; además, estaban tan sedientos de venganza que nos hubieran seguido al fin del mundo si hasta allí los hubiéramos remolcado.

El tiroteo había cesado y echamos una ojeada a la parte trasera para enterarnos de lo que ocurría y de los movimientos de nuestros prisioneros. Hasta entonces las barcas habían estado separadas a intervalos irregulares y vimos que las cuatro que estaban más cerca se agrupaban poco a poco. La primera lanzó una amarra a la que le seguía. Cuando los hombres de la segunda barca atraparon el extremo de la cuerda, largaron su red y tiraron de la cuerda hasta que se situaron junto al barco que iba en cabeza.

Sin embargo, la velocidad del *Mary-Rebecca* no les facilitaba demasiado la tarea. A veces conseguían avanzar, pero lo que ocurría más a menudo era que, tras rudos esfuerzos, los hombres apenas conseguían tirar de la cuerda unos pocos centímetros.

Cuando las cuatro barcas estuvieron lo suficientemente próximas para que un hombre pudiera saltar de una a otra, un griego de cada una de las tres embarcaciones, provisto de su fusil, se subió a la que navegaba más cerca de nosotros. Pronto el barco que iba en cabeza acogió, pues, a cinco hombres armados, cuya intención, evidentemente, era abordar la goleta.

No tardaron mucho en llevar a cabo su proyecto. Intentaron alcanzar el *Mary-Rebecca* siguiendo los flotadores de una red. Aunque su avance era lento y laborioso y a pesar de sus numerosos altos, no dejaban de aproximarse.

Sonriendo ante sus esfuerzos, Charley ordenó:

—Ole, sube la espiga.

Rasgamos la capa del mástil de la espiga que contenía la vela y orillamos la espiga a lo largo, mientras los tiros partían de las diversas embarcaciones. El *Mary-Rebecca* se inclinó aún más y marchó hacia delante más rápido que nunca.

Pero los griegos redoblaron su audacia. Incapaces de alcanzarnos a aquella velocidad, instalaron, con la ayuda de las poleas de las velas, lo que los marinos llaman un «polipasto manual». Entonces un hombre, aguantado por las piernas por sus compañeros, se inclinó hacia delante sobre la proa y ató un extremo del aparejo a la línea de flotadores. Luego tiraron del aparejo hasta que las dos poleas se tocaron y repitieron varias veces esta maniobra.

—¡Pon la vela de estay! —gritó Charley.

Ole Ericsen examinó el *Mary-Rebecca* y movió la cabeza.

—Los mástiles se van a ir a hacer puñetas —observó.

—¡Si no sigues mis instrucciones, seremos nosotros los que nos iremos a hacer puñetas! —le replicó Charley.

Ole echó una mirada inquieta a su arboladura, otra al barco cargado de griegos armados, y acabó resignándose.

Los cinco hombres estaban reunidos en la proa del barco, un lugar muy peligroso en una embarcación que va a remolque. Observé atentamente cómo seguía su barco mientras izábamos la vela de estay, mucho más grande que la vela de espiga, y que sólo se usaba con viento flojo.

El *Mary-Rebecca* se lanzó hacia delante con una gran sacudida y el barco de los griegos sumergió el morro en el agua. Los hombres se precipitaron en desbandada hacia atrás para evitar que el barco fuera arrastrado bajo el agua.

—Eso les calmará —señaló Charley, mientras comprobaba con ansiedad la marcha del *Mary-Rebecca*, que había desplegado más tela de la que razonablemente debería llevar.

—¡Antioch, próxima parada! —anunció el chistoso marinero a la manera de un cobrador de tranvía—. ¡Y luego Merryweather!

—¡Ven aquí, deprisa! —me dijo Charley.

Crucé el puente a cuatro patas y me puse en pie cerca de él, protegido por la plancha de acero.

—Busca en mi bolsillo interior y coge mi cuadernillo de

apuntes —me ordenó—. Perfecto. Arranca una hoja en blanco y escribe lo que voy a dictarte.

He aquí lo que escribí:

«Telefonee a Merryweather, al sheriff, al jefe de policía o al juez. Dígales que vamos a llegar y que nos envíen al muelle tantos hombres armados como les sea posible, porque si no estamos perdidos».

—Ahora —añadió Charley—, únelo sólidamente a este pasador y estate preparado para lanzarlo a tierra.

Obedecí al pie de la letra. Nos acercábamos a Antioch. El viento aullaba en la arboladura; el *Mary-Rebecca*, medio inclinado sobre el costado, corría como si fuera un galgo del océano. La población marítima de Antioch nos había visto instalar la espiga y la vela de estay, disparate de los más peligrosos con un viento tan fuerte; por lo tanto todo el mundo acudía al muelle para enterarse de lo que pasaba.

Avanzamos a toda velocidad hacia el muelle de carga y Charley pasó tan cerca del mismo que casi habríamos podido saltar a tierra. A una señal suya lancé el pasador, que fue a caer sobre el suelo del muelle con un ruido sordo, rebotó algunos metros más lejos y los curiosos se precipitaron para cogerlo.

Todo esto pasó en un abrir y cerrar de ojos. Un minuto después Antioch desaparecía detrás de nosotros y, girando los talones hacia el río San Joaquín, corrimos hacia Merryweather, que se encontraba a seis millas de distancia. Allí, el viento recuperaba su curso normal hacia el este y nos pusimos de nuevo en marcha con el viento en popa y las velas desplegadas a cada lado, con la trinquetilla hinchándose a estribor.

Ole Ericsen parecía sumido en la más profunda desesperación. Charley y los dos marineros recuperaban su buen humor, no sin razón. Merryweather era una ciudad minera, y aquel día, domingo, esperábamos encontrar a toda la población masculina en la ciudad. Además, los mineros no sentían mucha simpatía por los pescadores griegos y se apresurarían a echarnos una mano.

El espectáculo que se ofreció a nuestros ojos nos produjo una inmensa alegría. Los muelles de Merryweather estaban plagados de gente. A medida que nos acercábamos veíamos a los hombres correr por la calle mayor, con el fusil en mano. Charley, recuperando su aire dominante, que hasta aquel momento le había abandonado, se volvió hacia los pescadores. Los griegos, aterrorizados por aquel despliegue de fuerza armada, abandonaron los fusiles por propia voluntad.

Sacamos la espiga y la vela de estay, hicimos descender la perilla de mesana de la vela mayor y, cuando llegamos a la altura del muelle principal, pasamos la botavara al otro lado, virando con el viento en popa. El *Mary-Rebecca* describió medio círculo siguiendo el movimiento. La flotilla cautiva de los pescadores trazó, hacia atrás, un arco parecido sobre un radio más grande; luego la goleta se puso proa al viento hasta que se detuvo. Entonces las amarras fueron lanzadas a tierra y atadas rápidamente.

Toda esta maniobra se realizó bajo las aclamaciones y los aplausos de los mineros entusiastas.

Ole Ericsen dejó escapar un profundo suspiro.

—Creí que nunca volvería a ver a mi mujer —confesó.

—¿Por qué? No hemos corrido ningún peligro —le dijo Charley.

Ole se lo quedó mirando con aire incrédulo.

—¡Te lo juro! —le dijo Charley—. En caso de peligro no teníamos más que dejar ir el garfio..., tal como voy a hacer ahora para que los griegos puedan recuperar sus redes.

Provisto de una llave inglesa bajó a la bodega, desenroscó la tuerca y dejó caer el garfio. Cuando los griegos terminaron de subir las redes a sus barcos y lo hubieron ordenado todo, una milicia de ciudadanos se hizo cargo de nuestros prisioneros y los condujeron a la prisión.

—Creo que me he portado como un idiota en todo este asunto —declaró Ole Ericsen.

Pero cambió de opinión cuando las autoridades de la ciudad subieron a bordo para felicitarle y estrecharle la mano, mientras dos avispados periodistas sacaban unas cuantas fotos del *Mary-Rebecca* y de su capitán.

DEMETRIOS CONTOS
(Demetrios Contos)

SEGÚN mis aventuras precedentes con los pescadores griegos, uno se inclinaría a pensar que éstos eran congénitamente malvados. ¡Ni mucho menos! Pero aquellos rudos hombres vivían en una comunidad aislada y se ganaban penosamente la vida luchando contra los elementos. No comprendían en absoluto las leyes y las juzgaban tiránicas, particularmente las que rigen la pesca. Por esta misma razón, consideraban a los hombres de la Patrulla Pesquera como sus enemigos naturales.

Nosotros representábamos una amenaza continua para su vida, o para su medio de sustento, lo que, en muchas circunstancias, significaba lo mismo desde su punto de vista. Confiscábamos sus redes y aparatos prohibidos, que a menudo les habían costado mucho dinero o varias semanas de labor. Al aplicar las ordenanzas, les impedíamos coger ciertos peces en determinadas épocas, con lo cual menguaban sus ganancias. Por otra parte, cuando los cogíamos en falta, los llevábamos ante los tribunales, que les imponían fuertes multas. Ni que decir tiene que aquellas gentes nos detestaban. Así como el perro es el enemigo innato del gato y la serpiente del hombre, los hombres de la Patrulla Pesquera eran los enemigos naturales de los pescadores.

Si bien aquellos hombres nos profesaban un odio tenaz, igualmente eran capaces de realizar acciones generosas, como lo demostrará esta historia de Demetrios Contos.

Demetrios vivía en Vallejo. Después de Alec el Fuerte, era el más valiente y el más importante entre sus compatriotas. Nunca nos había dado mucha guerra y creo que nada enojoso nos hubiera enfrentado si no se le hubiera metido en la cabeza comprarse un barco nuevo para la pesca del salmón.

Aquel barco fue la causa de todos nuestros problemas. Lo había hecho construir según sus propios planos, modificando ligeramente las líneas del salmonero corriente.

Con una alegría delirante descubrió que su nuevo barco poseía una notoria potencia de velocidad..., de hecho, ganaba a todos los demás barcos de la bahía. Demetrios se llenó de orgullo y de arrogancia. Nuestra incursión del domingo con el *Mary-Rebecca* contra los pescadores de salmón había sembrado el pánico entre la colonia griega, y Demetrios lanzó un desafío contra Benicia. Uno de los pescadores de la localidad vino a advertirnos. Demetrios Contos proyectaba nada menos que salir de Vallejo el domingo siguiente, y delante de toda Benicia, echar la red y ponerse a pescar el salmón. A Charley Le Grant, el patrullero, no le quedaba otro remedio que presentarse e intentar atraparlo.

Ni Charley ni yo habíamos oído hablar del nuevo barco de Demetrios. Nuestro propio salmonero era bastante rápido y no temíamos medir nuestras fuerzas con cualquier otra embarcación de la bahía.

Llegó el domingo. La provocación del griego en nuestro propio terreno se había propagado como un reguero de pólvora y toda la población marítima de Benicia se había congregado a la hora prevista en el embarcadero de los Vapores, que bien pronto ofreció el aspecto de una tribuna en un día de un importante partido de fútbol.

Charley y yo nos mostrábamos escépticos, pero a la vista de aquella muchedumbre no podíamos poner en duda la audacia del pescador griego.

Por la tarde, cuando la brisa marina empezó a soplar con fuerza, izó la vela delante de todo el mundo y partió con el viento en popa. Viró a unos diez metros del embarcadero; al pasar, saludó al público con un teatral gesto de la mano, como un caballero que entra en combate; en respuesta, generosos aplausos crepitaron en su honor. Seguidamente penetró en el estrecho y avanzó aproximadamente doscientos metros. Bajó la vela y, dejándose llevar de lado por el viento, empezó a echar la red. No sacó mucho trozo, como máximo unos veinte metros; sin embargo, Charley y yo estábamos estupefactos ante el aplomo de aquel buen hombre. Ignorábamos este hecho entonces, pero lo supimos más tarde: su red estaba, por así decirlo, fuera de uso. Ciertamente podía pescar algo, pero una presa un poco pesada la habría hecho jirones.

Charley movió la cabeza y dijo:

—Confieso que esto no me cabe en la cabeza. Aunque sólo sacara quince metros de red, ¿le daremos tiempo a volverlos a meter? ¿Con qué intención viene aquí a desafiar a la ley ante nuestros propios ojos? ¿Y además en la mismísima ciudad donde vivimos?

La voz de Charley adquirió un tono entristecido y continuó hablando durante algunos minutos sobre el atrevimiento inconcebible de Demetrios Contos.

El hombre en cuestión, estirado en la parte trasera de su barco, vigilaba la red. Cuando un pez grande se encuentra atrapado en una red de agallas, los flotadores, por su agitación, advierten al pescador. Sin duda Demetrios acababa de ser avisado de esta manera, ya que sacó cuatro o cinco metros de red, y mantuvo en el aire un instante, antes de echarlo al fondo del barco, un enorme salmón con reflejos relucientes. La asistencia aplaudió a rabiar. Charley no pudo soportarlo más.

—¡Vamos! —me dijo.

Sin perder un minuto, saltamos a nuestro salmonero e izamos la vela.

Al instante la muchedumbre empezó a gritar. En el momento en que abandonábamos el muelle vimos al griego, armado con un gran cuchillo, cortar su vieja red completamente gastada. Su vela, lista para ser izada, vibraba al sol un instante después. El griego corrió a la popa, tensó la escota y emprendió una larga bordada hacia las colinas de Contra-Costa.

Cuando llegamos a diez metros detrás de él, Charley daba muestras de júbilo. Conocía la rapidez de nuestro barco y, además, se jactaba de ganarle la partida a cualquiera en materia de navegación. No dudó ni por un momento de que podría alcanzar a Demetrios, y yo mismo compartía esta confianza. Sin embargo no parecíamos en absoluto poder más que él.

Una buena y ligera brisa nos hacía deslizar delicadamente sobre el agua, pero Demetrios huía ante nosotros. Su vela no sólo le daba una mayor fuerza, sino que ceñía el viento casi un punto más que nosotros. Este hecho nos impresionó sobre todo cuando, al llegar a la altura de las colinas de Contra-Costa, pasó ante nosotros en sentido contrario a más de treinta metros a barlovento.

—¡Diablos! —exclamó Charley—. ¡Una de dos: o ese barco es un caballo de carreras, o nosotros arrastramos en nuestra quilla un bidón de veinte litros de alquitrán!

Sea lo que fuere, Demetrios llegó a las montañas del otro lado del estrecho. En aquel momento estábamos tan lejos que Charley me pidió que cazara la escota y volvimos viento en popa hacia Benicia. Los pescadores del embarcadero nos ridiculizaron cuando nos vieron amarrar nuestro barco en el muelle. Charley y yo nos alejamos, con aire más bien mohíno. En efecto, era un duro golpe para el orgullo de un marino, propietario de un excelente barco y perfectamente capacitado para manejarlo, el verse derrotado en una carrera por el primero que llega.

Este contratiempo rondó en la mente de Charley durante dos días.

Cuando nos anunciaron que Demetrios tenía la intención de renovar su proeza el domingo siguiente, Charley se serenó. Hizo sacar nuestro barco fuera del agua, lo limpió y pintó de nuevo los fondos del buque, hizo algunas modificaciones en la orza, inspeccionó minuciosamente las cuerdas rodantes y se pasó la mayor parte de la noche del sábado fabricando una nueva vela más grande. En resumidas cuentas, la vela resultó ser tan enorme que hizo falta poner un lastre suplementario y embarcamos casi 250 kilos de vieja chatarra en el fondo de nuestro barco.

Aquel memorable domingo Demetrios se fue al sitio habitual con la intención de volverse a mofar de nosotros. También esta vez sopló la brisa de la tarde y Demetrios sumergió quince o veinte metros de su red podrida, izó la vela y arrancó ante nuestras mismísimas narices. Pero había previsto las mejoras que Charley había realizado en su barco, y su propia vela estaba embicada más alto que nunca, ya que le había añadido una larga tira de tela a lo largo de la ralinga de caída.

Hasta las colinas de la Contra-Costa, el resultado fue nulo; ni el uno ni el otro parecían vencer o perder ante su rival. Pero al hacer la bordada para volver a las montañas de Sonoma nos dimos cuenta de que, dejándonos llevar pisándole los talones a la misma velocidad que él, Demetrios se ponía un poco más a barlovento que nosotros. Sin embargo, Charley manejaba nuestro salmonero a las mil maravillas y sacaba de él el máximo partido...

Charley hubiera podido sacar su revólver y disparar sobre Demetrios, pero hacía ya tiempo que nuestro instinto nos impedía disparar sobre un fugitivo culpable, en suma, de un simple pecadillo. Además, al parecer existía un acuerdo tácito entre patrulleros y pescadores. Si nos absteníamos de hacer uso de nuestras armas cuando huían, a cambio se dejaban llevar dócilmente cuando les poníamos las manos encima.

Demetrios Contos intentaba escaparse y nosotros nos limitábamos a correr tras él. En cambio, si le ganábamos en velocidad o maniobrábamos mejor que él, sabíamos que se rendiría sin resistencia.

Con nuestras grandes velas y la fuerte brisa que soplaba en el estrecho de Carquinez, la maniobra en el salmonero se hacía cada vez más delicada y en todo momento temíamos volcar. Mientras Charley se ocupaba del timón, yo aguantaba con la mano la escota de la vela mayor, con una sola vuelta en la cornamusa, lista para dejarla ir en cualquier momento. Sin duda Demetrios tenía mucho que hacer, hallándose solo a bordo.

En vano nos esforzamos por alcanzarlo. El griego había construido un barco superior al nuestro y a pesar de las indiscutibles cualidades de Charley como navegante, no pudimos competir en velocidad con Demetrios.

—¡Déjalo! —me ordenó Charley.

Mientras nuestro barco abatía el rumbo a sotavento, la risa burlona de Demetrios llegó hasta nuestros oídos.

Charley meneó tristemente la cabeza.

—¿Para qué empeñarse? —dijo—. Demetrios posee un barco mejor. Si intenta repetir su hazaña, habrá que encontrar alguna estratagema inédita.

Esta vez mi imaginación acudió en nuestra ayuda.

El miércoles siguiente sometí el siguiente plan a la aprobación de Charley:

—¿Y si el próximo domingo persiguiera yo solo a Demetrios en nuestro barco? Tú podrías esperarlo en el muelle de Vallejo y cogerlo a su llegada.

Charley reflexionó un instante y luego se dio una palmada en la rodilla.

—Excelente idea. ¡Por fin empiezas a usar tu cerebro! Aunque permíteme decirte que todo lo has aprendido de tu profesor.

Al cabo de un momento añadió:

—Escucha, es conveniente no perseguirlo muy de lejos, porque sino continuará hasta la bahía de San Pablo, en vez de volver a Vallejo. En ese caso, corro el riesgo de quedarme de plantón en el muelle.

El jueves, Charley planteó una objeción:

—Todo el mundo sabrá que voy a ir a Vallejo, empezando por Demetrios. Me temo mucho que tendremos que renunciar a tu idea.

Esta observación estaba bien fundada, y todo el resto del día sentí una honda decepción. Pero durante la noche se me ocurrió otra nueva idea. Impaciente por comunicársela a Charley, fui a despertar a mi compañero, que estaba sumido en un profundo sueño.

—¿Qué pasa? —gruñó éste—. ¿Hay fuego en casa?

—No —respondí—. Es mi cabeza la que se quema. Escúchame bien. El domingo tú y yo nos iremos a pasear por los alrededores de Benicia hasta el momento que aparezca la vela de Demetrios. Eso anulará las sospechas de los pescadores. Cuando Demetrios ice su vela, tú volverás tranquilamente a la ciudad. Todos creerán que, sintiéndote vencido por adelantado, prefieres alejarte del muelle.

—Hasta aquí es perfecto —pronunció Charley mientras yo me detenía para recobrar el aliento.

—¿Verdad que sí? —continué, orgulloso de mí mismo—. Te vas pues con paso indolente, pero así que estés fuera del alcance de la vista de la gente, aprietas a correr y te vas a casa de Dan Maloney. Les pides prestada su yegua y te vas a Vallejo a través de los campos. El atajo está en perfecto estado y llegarás mucho antes que Demetrios, que todo el rato tendrá el viento en contra.

—Vale, mañana por la mañana haré todos los preparativos para alquilar esa yegua —dijo Charley, compartiendo sin vacilar mi punto de vista.

— Dime, bajito —me dijo un poco después, despertándome a su vez con sobresalto—, ¿no crees que es una novedad sensacional? ¿Se ha oído hablar alguna vez de una Patrulla Pesquera a caballo?

—Y todo ello gracias a la imaginación. ¿No has dicho siempre que el hecho de adelantarse en una idea a los demás constituye la condición esencial del éxito?

— ¡Je, je! —se rió Charley en tono sarcástico— . Y si esta idea, que se traduce en una yegua, no me permite derrotar esta vez por completo a mi oponente, no me llamo Charley Le Grant.

El viernes siguiente, Charley me preguntó:

—¿Ya podrás manejar tú solo el barco? Recuerda que hemos puesto una excelente vela mayor.

Le debí tranquilizar bastante en esta ocasión, pues me dejó en paz hasta el sábado por la noche. Entonces me propuso que sacáramos un trozo de tela a lo largo del borde interior de la vela. Sin duda la decepción que se pintó en mi cara le hizo renunciar a esta sugerencia. También yo estaba muy orgulloso de mi habilidad para manejar un velero y me sentía feliz sólo de pensar que correría con aquella vela mayor en el estrecho de Carquinez, siguiendo la estela del griego.

Como estaba previsto en el programa, Demetrios hizo su aparición puntual el domingo. Los pescadores habían adquirido la costumbre dominical de reunirse sobre el embarcadero para aclamar a Demetrios Contos y divertirse a costa de nuestros fracasos. El griego amainó su vela cuando estuvo a doscientos metros del muelle y tiró sus quince metros de red.

—Esta comedia durará tanto como su vieja red —masculló Charley de manera que lo oyeran algunos griegos.

—Entonces le pasaré la mía, que tampoco vale gran cosa —replicó maliciosamente uno de los espectadores.

—Como quieras —dijo Charley—. Yo también tengo una vieja red de reserva. Se la regalaré... si viene a buscarla.

Todos estallaron en risas, estimando que se podía demostrar un poco de indulgencia hacia un hombre tan corto de inteligencia.

—¡Bueno! ¡Adiós, pequeño! —me dijo Charley unos minutos más tarde—. Voy a dar una vuelta a casa de Maloney.

—¿Me dejas sacar el barco? —pregunté.

—Sí, si quieres —respondió alejándose con paso tranquilo.

En el momento en que Demetrios retiraba dos enormes salmones de su red, salté al barco. Los pescadores se acercaron para divertirse un poco a mi costa y mientras izaba la vela me colmaron de toda clase de consejos a cual más grotesco. Incluso hicieron extrañas apuestas a mi favor entre ellos: dos se erigieron en árbitros y me pidieron solemnemente autorización para subir en mi barco y ver más de cerca qué tal me iba.

No me di ninguna prisa, con el fin de dar a Charley todo el tiempo necesario. Para ganar tiempo, fingí estar contrariado por la forma en que estaba extendida la vela y cambié ligeramente la posición del pequeño aparejo por la cual la gran tarquina actuaba sobre la perilla de mesana de la vela.

En la seguridad de que Charley habría alcanzado la casa de Dan Maloney y ya cabalgaba a lomos de la yegua, me separé del muelle y partí con la vela al viento. Una fuerte brisa la infló de golpe e inclinó las empavesadas a sotavento, de tal modo que entró una cantidad de líquido equivalente a dos cubetas de agua. Esta clase de accidente le puede ocurrir a los mejores pilotos de barcos pequeños. Rápidamente dejé correr la vela y enderecé la embarcación, lo cual no impidió que de todas partes surgieran risas sarcásticas como si hubiera cometido un gran error.

Demetrios, al no ver más que a una sola persona en la barca de los patrulleros, y que ésta era sólo un chiquillo, se puso a provocarme. Haciendo una corta bordada cuando me hallaba solamente a diez metros detrás de él, volvió al muelle y aflojó ligeramente su vela. Seguidamente hizo bordadas cada vez más cortas, yendo de aquí para allá, con gran regocijo por parte de los espectadores entusiasmados. Durante todo este tiempo le seguí a una corta distancia, imitando sus mínimas fantasías incluso cuando dejaba toda su vela al viento, perpendicularmente a un costado... maniobra muy peligrosa con una vela como aquella y un tiempo como aquel.

Le ayudaba a causar mi perdición una fuerte brisa marina con la rápida corriente del reflujo, cuyos efectos conjugados encrespaban la superficie del mar. Pero yo rebosaba valentía y no recuerdo haber manejado tan bien un barco como aquel día. Estuve a la altura de las circunstancias; mi cerebro funcionaba con agilidad y rapidez, mis manos no titubeaban y en una fracción de segundo diferenciaba los mil y un pequeños detalles que no deben jamás escapar al ojo experimentado de un marino.

Más bien fue Demerios el que tuvo algunos problemas a raíz de que su orza se encallaba en su agujero y no lograba descender del todo. En un momento de respiro que consiguió, gracias a una hábil maniobra, lo vi atareado impacientemente alrededor de la orza, esforzándose por bajarla hasta el fondo. No le di tiempo a ello y tuvo que volver al timón y a la escota.

La orza no dejaba de preocuparle. Dejó de provocarme y emprendió la larga carrera hacia Vallejo. Con gran alegría por mi parte, desde la primera gran bordada me apercibí de que podía ponerme a sotavento un poquito más que él. La presencia de un compañero a bordo le habría sido preciosa en aquella circunstancia; como le seguía a pocos metros detrás, no se atrevía a abandonar el timón de nuevo para intentar bajar la orza.

Incapaz de ceñir el viento tan cerca como antes, empezó a tirar ligeramente de la escota y amollar un tanto para ponerse fuera de mi camino. Le dejé hacer hasta que me puse a barlovento de su posición. Cuando me acerqué, parecía que quería ponerse a barlovento y tuve que hacer otro tanto para cortarle el camino. Pero no se trataba más que de una acción hábilmente fingida, y recuperó su velocidad primitiva mientras yo me apresuraba a conquistar de nuevo el terreno perdido.

Sin ninguna duda, Demetrios demostraba ser más hábil que yo en el manejo de un barco. Varias veces estuve a punto de cogerle, pero cada vez conseguía escapar. Además, el viento aumentaba constantemente, y cada uno por su lado teníamos que hacer muchos esfuerzos para no zozobrar. Confieso que no habría podido mantener mi barco sin el suplemento de lastre que había añadido Charley. Encaramado sobre la borda de barlovento, con el timón en una mano y en la otra la escota con una sola vuelta en la cornamusa, me veía obligado a aflojar la escota en las fuertes ráfagas. Esto hacía flamear un poco la vela, con lo cual disminuía la velocidad y, en consecuencia, perdía terreno. Pero me consolaba constatar que a menudo Demetrios tenía que poner en práctica los mismos recursos.

La fuerte marea, que bajaba por los estrechos en dirección contraria a la del viento, rizaba y embravecía las aguas, que no cesaban de entrar en el barco. Estaba calado hasta los huesos, y la misma vela estaba mojada hasta la mitad de la relinga de caída. Al fin, conseguí ponerme a barlovento de Demetrios, de tal modo que mi popa fue a chocar de lleno contra él. En aquel momento deseaba más que nunca la presencia junto a mí de un compañero. Sin darme tiempo de llegar hasta la proa y así poder saltar a su salmonera, el griego había separado los dos barcos con un golpe de remo y se reía ante mis narices.

Estábamos entrando en un tramo muy difícil, en la conjunción del estrecho de Carquinez con el de Vallejo. El primero arrastraba las aguas del río Napa y las de la marea que bajaban; el segundo, las de la bahía de Suisun, y las de los ríos Sacramento y San Joaquín. Donde se encontraban aquellas potentes masas líquidas, que corrían a gran velocidad, se formaba una temible barrera. Para colmo de males, el viento, en una quincena de millas, soplaba hacia la bahía de San Pablo y agitaba fuertemente las aguas en aquella barrera.

Corrientes contrarias que se precipitaban en todos los sentidos, formando torbellinos y remolinos espumeantes, chocaban entre sí formando olas que rompían tanto a un lado como a otro. En medio de esta pavorosa confusión, las aguas del mar se precipitaban en la bahía de San Pablo con un ruido de mil demonios.

Mi excitación era comparable a la del agua. El barco se portaba estupendamente, saltando y marchando sobre las olas a la velocidad de un caballo de carreras. Apenas podía contener mi entusiasmo. La vela inmensa, el aullar del viento, el mar agitado, las zambullidas del barco... y yo, un pigmeo, un simple punto en el espacio, dominando los elementos desencadenados, sobresaliendo por encima de las aguas, victorioso.

En el mismo instante en que, como un héroe conquistador, entonaba un canto de júbilo, mi barco recibió un espantoso choque y se paró de repente. Fui proyectado hacia delante, al fondo del salmonero. Al levantarme percibí una forma verdosa, cubierta de moluscos. Identifiqué rápidamente aquella obsesión de los marineros: los restos de un naufragio casi completamente sumergidos. Nadie sabría desconfiar lo bastante de un obstáculo como aquel. En medio de ese oleaje, era imposible distinguir, con el tiempo necesario para evitarla, una viga flotando en la superficie del agua.

La proa del barco debió estrellarse completamente, ya que en un abrir y cerrar de ojos empezó a entrar agua en el barco. Dos grandes olas acabaron por llenarlo y se fue a pique, arrastrado por el peso del lastre. El accidente se produjo tan rápidamente que me quedé atrapado en la vela y fui arrastrado asimismo bajo el agua. A fuerza de debatirme conseguí salir a la superficie, sofocado y con el pecho a punto de estallar, pero no vi los remos por ninguna parte. Seguramente habrían desaparecido entre aquellas corrientes. Sorprendí a Demetrios mirándome por encima del hombro, y oí su risa socarrona y sus gritos de triunfo. Continuó tranquilamente su camino, abandonándome a una muerte segura.

No podía hacer más que nadar hasta que llegara el fin que, en aquella horrible confusión, no podía tardar mucho. Conteniendo el aliento, conseguí desembarazarme de mis pesadas botas y de mi chaqueta. Sin embargo, no lograba tragar una cantidad suficiente de aire y pronto me di cuenta de que la cuestión esencial no era tanto nadar sino respirar.

Las olas, con espumeantes crestas, me llevaban de aquí para allá, me golpeaban, me aplastaban; estaba aprisionado en aquel chapoteo de mareas que llenaba mis ojos, mi nariz y mi boca. Una extraña succión me agarraba las piernas y me arrastraba bajo el agua para devolverme luego a la superficie burbujeante; cada vez que intentaba recobrar el aliento, una ola se abatía sobre mi cabeza. Imposible resistir mucho tiempo en una situación semejante. Tragaba más agua que aire y sentía que me ahogaba. Mis sentidos empezaban a debilitarse y se me iba la cabeza. Me debatía instintivamente y estaba a punto de perder la conciencia cuando sentí que me cogían por los hombros y me izaban desde la empavesada de un barco.

Permanecí un rato tendido en la banqueta sobre la que me habían dejado, boca abajo, con el agua saliéndome por la boca. Luego, aún muy débil, me volví para conocer a mi salvador. Y vi, sentado en la popa, escota en una mano y timón en la otra, a Demetrios Contos riéndose y moviendo la cabeza con aire de niño bueno. Había pensado dejar que me ahogara, me confesó seguidamente, pero, dejándose llevar por su buen corazón, había vuelto sobre sus pasos para sacarme de allí.

—¿Te encuentras mejor? —me preguntó.

Conseguí dibujar un «sí» con mis labios, incapaz aún de hablar.

—Eres un buen marino... —me dijo—; y vales lo que un hombre.

Aquel cumplido por parte de Demetrios me llegó al corazón, pero no pude responder más que con un movimiento de cabeza.

Nuestra conversación se detuvo allí; yo debía procurar recuperarme de mis emociones, y el griego estaba demasiado absorto en el manejo del barco. Al llegar a Vallejo se dirigió hacia el embarcadero, amarró el barco y me ayudó a desembarcar. Estábamos uno junto al otro sobre el muelle cuando Charley salió de detrás de un cabulero de redes y agarró a Demetrios Contos por el brazo.

—¡No! ¡Charley! ¡Este hombre acaba de salvarme la vida, no lo detengas!

Una sombra de vacilación apareció por un instante en las facciones de Charley, pero se borró rápidamente y comprendí que acababa de tomar una decisión.

—¡Lo siento! —dijo—. No podría faltar a mi deber, y el deber pura y simplemente me ordena arrestarlo. Veo que en su barco hay dos salmones acabados de pescar y hoy es domingo. No, no puedo dejarme enternecer.

—Te repito que me ha salvado la vida —insistí, sin más argumentos.

Demetrios estuvo a punto de estallar de furor cuando se enteró de la decisión de Charley. Sufría visiblemente al ser tratado con tanta injusticia. Desechando sus malos instintos, había llevado a cabo un acto generoso al salvar la vida de un enemigo; en recompensa, el enemigo le llevaba a prisión.

Charley y yo discutimos en el camino de vuelta a Benicia. Yo me acogía al espíritu de la ley y no a la letra; él no quería dar su brazo a torcer.

La ley prohibía la pesca del salmón en domingo. Como patrullero, debía hacerla respetar. Había cumplido con su deber y tenía la conciencia tranquila. Sin embargo aquel rigor sin piedad me indignaba. En mi interior sentía compasión por la suerte que pudiese correr Demetrios.

Dos días después fuimos a Vallejo para asistir al juicio.

Tuve que acudir al estrado de los testigos y jurar haber visto a Demetrios Contos coger los dos salmones que se hallaban en su posesión cuando Charley lo arrestó. Nunca un trabajo tan molesto me resultó más doloroso.

Demetrios se había procurado el apoyo de un abogado, pero su culpabilidad estaba fuera de toda duda. El jurado no se ausentó más que un cuarto de hora para deliberar y condenar a Demetrios a una multa de cien dólares o a quince días de prisión.

Charley se acercó al escribano y dijo, poniendo sobre el escritorio cinco piezas de veinte dólares:

—Yo pago la multa.

Luego, volviéndose hacia mí, murmuró:

—Es... es el único medio honorable de salir de todo esto, hijito.

Con los ojos húmedos de lágrimas, le tendí la mano.

—A mí también me gustaría contribuir... —empecé a decir.

—¿Quieres pagar la mitad? —me interrumpió—. Era lo que suponía.

Mientras tanto, el abogado de Demetrios le informaba de que Charley Le Grant pagaba su multa.

El griego vino a estrechar las manos de Charley y su cara de meridional enrojeció de emoción. Para no ser menos en generosidad, insistió en pagar él mismo la multa y los honorarios de su abogado; ante la negativa de Charley, casi se enfadó.

Más que cualquier otro argumento, la acción de Charley hizo comprender a los pescadores el sentido profundo de la ley. Charley creció en su estima y yo mismo recibí parte de aquella alabanza: era el chiquillo que sabía manejar un barco. Demetrios Contos no sólo no volvió a transgredir los reglamentos de pesca, sino que se convirtió en uno de nuestros mejores amigos y en más de una ocasión vino expresamente a Benicia para charlar un rato con nosotros.

EL REGRESO DE PAÑUELO AMARILLO
(Yellow Handkerchief)

Escúchame, muchacho, sin querer influir en ti por nada del mundo, te aconsejo que no tomes parte en ninguna otra incursión antes de abandonar la patrulla. Hasta este momento has salido sano y salvo, y no me gustaría que te pasara algo malo justo en el momento de tu partida.

—Estoy seguro de que todo irá bien —repliqué con la típica seguridad del adolescente—. Además, a todo le llega su fin.

Charley cruzó las piernas y se echó hacia atrás para estudiar el problema.

—A fe mía que es verdad. Entonces, ¿por qué no considerar la captura de Demetrios Contos como tu última hazaña? Esta vez ya te has comprometido bastante pero... —su voz se quebró y por un instante fue incapaz de continuar—. No me lo perdonaría nunca si ahora te pasara algo.

Riéndome de los temores de Charley, cedí ante su afectuosa solicitud y compartí su punto de vista. Tras haber vivido dos años en su compañía, me disponía, pues, a dejar la Patrulla Pesquera para terminar mis estudios en la escuela secundaria. Había ahorrado para sufragar mis gastos de estudiante durante tres años, y aunque todavía faltaban algunos meses para volver a la escuela, quería repasar a conciencia algunas asignaturas para aprobar los exámenes de ingreso.

Con todos mis objetos personales bien guardados en un baúl, me disponía a tomar un billete de tren para Oakland cuando Neil Partington llegó a Benicia. Se necesitaba inmediatamente el *Reindeer* al sur de la bahía, y Neil mostró su intención de conducir el barco hasta Oakland. Ya que él vivía en aquella ciudad y yo tenía que vivir con su familia durante mis años de estudio, no vio razón alguna para que no embarcase mi baúl a bordo e hiciera el viaje con él y con Charley.

Llevé pues mi equipaje a bordo y hacia media tarde izamos la vela mayor del *Reindeer* y partimos. Hacía un verdadero tiempo de otoño. La brisa marina que había soplado todo el verano, había dejado paso a los vientos caprichosos y el cielo nublado hacía problemático el momento de nuestra llegada.

Salimos de Benicia con la marea baja. Al cruzar el estrecho de Carquinez eché una última mirada sobre Benicia y la cala del astillero de Turner, donde Charley y yo habíamos sitiado el *Lancashire Queen* y apresado a Alec el Fuerte, rey de los griegos. Al entrar en el estrecho miré con vivo interés hacia el lugar donde algunos días antes me habría ahogado irremediablemente sin la intervención del griego Demetrios Contos.

Un banco de niebla, que avanzaba a través de la bahía de San Pablo, salió a nuestro encuentro, y a los pocos minutos el *Reindeer* corría a tontas y a locas entre la húmeda oscuridad. Charley, al timón, parecía una vez más dotado del instinto de la orientación. Él mismo confesaba su imposibilidad para explicar aquel fenómeno, pero poseía un sentido especial para prever los vientos, calcular las distancias, el tiempo, la velocidad de las corrientes y el rumbo de manera sorprendente.

—Yo diría que la niebla se está disipando —le dijo Neil Partington, dos horas después de haber penetrado en aquel muro de bruma—. ¿Dónde estamos, Charley?

El interpelado consultó su reloj.

—Las seis. Aún nos quedan tres horas antes de la pleamar —señaló con aspecto tranquilo.

—Lo que te pregunto es dónde estamos —insistió Neil.
Charley reflexionó un instante, y luego respondió:
—La marea nos ha desviado un poco de nuestra ruta, pero si, tal como tengo previsto, la niebla se levanta enseguida, ya veréis que no estamos a más de un millar de millas del embarcadero Landing.
—¿Podrías precisar la distancia en algunas millas más...? —gruñó Neil.
—En realidad —dedujo Charley—, estamos a menos de media milla y a más de un cuarto de milla.
El viento arreció con algunas pequeñas ráfagas y la niebla se disipó sensiblemente.
—Mac Near está justo enfrente —anunció Charley, indicando con el dedo un punto por el lado de donde venía el viento a través de la cortina de bruma.
Los tres estábamos escrutando la costa en aquella dirección cuando el *Reindeer* chocó contra alguna cosa con un ruido sordo y se inmovilizó. Corrimos a la parte delantera y encontramos la proa enganchada en los obenques de un mástil corto y achaparrado. Habíamos dado de narices contra un junco chino fondeado.
En el mismo instante en que llegamos a la proa, cinco chinos salieron disparados, como abejas, de la pequeña cabina del entrepuente, con los ojos aún semicerrados por el sueño.
A la cabeza marchaba un gran tipo, todo músculos, reconocible por su cara picada de viruela y por el pañuelo de seda amarillo que le servía de peinado. Era Pañuelo Amarillo, el chino que habíamos apresado el año anterior al infringir las ordenanzas de la pesca de gambas y que, esta vez, había estado a punto de hundir el *Reindeer*; empezaba de nuevo a despreciar todas las leyes de la navegación.
—¿En qué pensabas, especie de pagano de cara amarilla? ¿A quién se le ocurre fondear aquí, en plena ruta de los buques, sin ni siquiera avisar con el cuerno para la niebla? —le gritó Charley, furioso.

—Si quieres saber la razón, mejor que mires por aquí —le dijo Neil en tono tranquilo.

Nuestros ojos siguieron la dirección indicada por el dedo de Neil y vimos la escotilla central del junco abierta; estaba medio llena de gambas recién pescadas, mezcladas con miles de pescaditos de un centímetro de largo como máximo. Pañuelo Amarillo había sacado su red en la mar plana de la marea alta y, aprovechando la protección brindada por la espesa niebla, se había quedado allí esperando la mar plana de la marea baja para sacar su red por segunda vez.

—A fe mía —declaró Neil—, que durante toda mi vida de patrullero es la primera vez que me encuentro con una presa tan fácil. ¿Qué vamos a hacer con estos chinos, Charley?

—Remolquemos el junco hasta San Rafael —respondió Charley, y luego se volvió hacia mí—: Oye, pequeño, te quedarás en el junco y te pasaré una cuerda para remolcarlo. Si aguanta el viento, llegaremos a San Rafael antes de que la marea sea demasiado baja, dormiremos allí y mañana hacia mediodía desembarcaremos en Oakland.

Charley y Neil volvieron a bordo del *Reindeer* y se pusieron en ruta, con el junco siguiendo al extremo de la cuerda. Sentado en la popa del junco vigilaba a mis prisioneros, guiando el barco por medio de una barra de un modelo antiguo y un timón lleno de grandes agujeros romboidales que dejaban pasar el agua de un lado a otro.

La niebla se había desvanecido por completo y la posición estimada por Charley pronto se confirmó.

Distinguimos el desembarcadero de Mac Near apenas a media milla de nosotros. Siguiendo la orilla occidental rodeamos la Punta Pedro, desde donde veíamos los pueblos habitados por los pescadores chinos de gambas. Cuando éstos divisaron uno de sus juncos remolcado por el conocido barco de la Patrulla Pesquera, armaron un gran jaleo.

El viento de tierra soplaba a ráfagas intermitentes e inseguras; sin duda una fuerte brisa nos habría sido más favorable. La costa de San Rafael, que debíamos remontar para llegar a la ciudad y entregar nuestros prisioneros a las autoridades, atravesaba una vasta región cenagosa; la navegación, que ya era difícil cuando la marea bajaba, resultaba imposible con la marea baja. Por lo tanto, con el reflujo a mitad de camino de su punto más bajo había que darse prisa; pero el pesado junco, arrastrado a remolque, retenía al *Reindeer* como un cuerpo muerto.

—Diles a esos colíes que pongan la vela —me ordenó Charley por fin—. No tengo ningunas ganas de quedarme atascado toda la noche en los bancos de lodo.

Le repetí la orden a Pañuelo Amarillo, que la transmitió a sus hombres con voz ronca. Padecía un constipado y en algunos momentos una tos convulsiva le doblaba en dos; los ojos inyectados en sangre y los pesados párpados le daban un aspecto feroz. Su mirada socarrona evocó en mí, con un escalofrío, el horrible cuarto de hora que me había hecho pasar cuando su anterior arresto.

Sus hombres tiraron perezosamente de las drizas de mesana y la extraña vela, con sus trastos de lata, teñida de color pardo, se elevó. Navegábamos viento en popa y cuando Pañuelo Amarillo tiró de la escota, el junco avanzó por sí mismo, disminuyendo la acción del remolque. A pesar de la rapidez del *Reindeer*, el junco iba más deprisa que él. Para evitar chocar con su popa, me puse un poco a barlovento, pero el junco continuaba yendo más deprisa, y al cabo de dos minutos me encontré a la altura del *Reindeer* y cortándole el viento. Ahora la cuerda de remolque se tensaba, formando dos ángulos rectos con los barcos y nuestra situación invitaba a la risa.

—¡Deja ir la cuerda! —exclamé yo.

Charley vaciló.

—No temas —le dije—. ¿Qué puede pasar ahora? En seguida alcanzaremos el canal con esta bordada y luego me sigues hasta el río San Rafael.

Charley largó la cuerda, y Pañuelo Amarillo ordenó a

uno de sus hombres que la trajera a bordo. En la creciente oscuridad apenas se distinguía la desembocadura del río San Rafael, y en el momento en que entramos en él las orillas casi no se dibujaban ante mí.

El *Reindeer* se hallaba a unos cinco minutos detrás de nosotros cuando empezamos a remontar el canal estrecho y sinuoso. Con Charley tras de mí, creía no tener nada que temer de mis cinco prisioneros, pero como las tinieblas me impedían vigilarlos, juzgué prudente llevar mi revólver del bolsillo del pantalón al de la chaqueta, donde me sería más fácil alcanzarlo en caso de necesidad.

Temía especialmente a Pañuelo Amarillo. Los acontecimientos que seguirán demuestran que él se dio cuenta de la situación y se aprovechó de ella. Estaba sentado a pocos pasos de mí en la empavesada, que se encontraba ahora a barlovento del junco. Apenas distinguía la forma de su cuerpo, pero no tardé en convencerme de que poco a poco se estaba acercando. Gobernando con la mano izquierda, deslicé la derecha en mi bolsillo y agarré el revólver.

Entonces lo vi acercarse más, y cuando le iba a dar la orden de retroceder —las palabras me temblaban en la punta de la lengua—, recibí un golpe tremendo. Uno de los hombres de la tripulación acababa de saltar sobre mí por el lado de sotavento. Me apretó el brazo derecho contra el cuerpo, impidiéndome así sacar la mano del bolsillo, y con la otra mano me tapó la boca. Sin duda habría podido luchar y liberar mi boca para lanzar un grito de alarma, pero en un abrir y cerrar de ojos Pañuelo Amarillo se precipitó sobre mí.

Me debatí en vano mientras me ataban piernas y brazos y me amordazaban con una camisa de algodón.

Me abandonaron así en el fondo del junco. Pañuelo Amarillo tomó el timón, dando órdenes en voz baja. Por nuestra posición y los movimientos de la vela, que distinguía vagamente por encima de mi cabeza como una mancha sobre el cielo estrellado, me di cuenta de que el junco ponía rumbo hacia un pequeño río que vertía sus aguas en aquel lugar del canal de San Rafael.

Dos minutos más tarde costeábamos la orilla y la vela fue bajada en silencio. Los chinos no se movían. Pañuelo Amarillo se sentó cerca de mí y yo sentía que hacía esfuerzos por contener sus accesos de tos. Al cabo de siete u ocho minutos percibí la voz de Charley en el momento en que el *Reindeer* pasaba junto a la desembocadura del pequeño río.

Le decía a Neil:

—No sabría decirte hasta qué punto me complace que el chico deje por fin la Patrulla Pesquera sin que le haya ocurrido el menor accidente.

Neil profirió algunas palabras que no pude oír, luego Charley continuó:

—Ese chiquillo ama decididamente el mar. Cuando acabe los estudios, si sigue un curso de navegación y hace viajes de altura durante algún tiempo, no veo por qué no habría de convertirse en capitán de un gran buque.

Aquellas palabras eran ciertamente halagadoras, pero atado y amordazado como estaba en el fondo de aquel junco, en manos de mis propios prisioneros, confieso no haber gozado en aquel momento de la perspectiva de tan brillante porvenir, tanto menos cuanto que la voz de mi amigo se iba apagando y que el *Reindeer* seguía solo en la noche su ruta hacia San Rafael.

Con el Reindeer desapareció mi última esperanza. ¿Qué me iba a ocurrir? No podía imaginármelo. ¡Los chinos son seres tan diferentes a nosotros! Por lo que sabía, la lealtad no era, en todo caso, una de sus mayores virtudes.

Después de algunos momentos de suspense, la tripulación izó la vela y Pañuelo Amarillo dirigió el barco hacia la desembocadura del canal de San Rafael. La marea estaba cada vez más baja y tenía dificultades para evitar los bancos de lodo. Yo deseaba que se encallara en la orilla, pero consiguió alcanzar la bahía sin ningún accidente.

A la salida del canal, una ruidosa discusión surgió a bordo, y adiviné que el objeto de la misma era yo. Pañuelo Amarillo se expresaba con vehemencia, pero los otros le oponían una resistencia no menos enérgica. Con toda evidencia, Pañuelo Amarillo quería pura y simplemente deshacerse de mí, y los demás temían las consecuencias de una acción semejante. Yo conocía lo bastante el carácter chino para comprender que sólo el temor a la policía los detenía. De todas maneras, fui incapaz de descubrir sus verdaderas intenciones respecto a mí.

Puede imaginarse fácilmente la naturaleza de mis pensamientos en aquel momento trágico en que se jugaba mi vida. La disputa degeneró rápidamente en una pelea, en mitad de la cual Pañuelo Amarillo desmontó la pesada barra del timón y se abalanzó hacia mí. Pero sus cuatro compañeros se interpusieron y se enzarzaron en una riña por la posesión de la barra. Cansado de luchar, Pañuelo Amarillo, desbordado por el número de sus adversarios, juzgó prudente abandonar la partida y tomó de nuevo el mando del barco, mientras los otros le criticaban agriamente su falta de previsión.

Poco después la vela fue amainada y el junco avanzó sólo con la ayuda de los remos. Lo sentí encallarse lentamente en el barro. Tres de los chinos —calzados con grandes botas de agua—, salieron del junco, mientras los otros dos me pasaban por encima de la borda. Pañuelo Amarillo, levantándome por los pies y dos de sus compañeros por los hombros, avanzaron chapoteando en el barro. Un momento después, sus botas pisaron un suelo más firme y noté que caminaban sobre una arena que identifiqué sin vacilar: no podía ser más que una de las islas Marín, un grupo de islotes rocosos situado frente a la costa del Condado Marín.

Una vez llegados a la arena seca, en el límite de la marea alta, me dejaron caer brutalmente. Pañuelo Amarillo me soltó unas cuantas patadas en las costillas y luego el trío regresó al junco a través del fango. Un momento después oí subir la vela y ondear al viento. Luego todo se quedó en silencio: no podía contar más que con mis propios medios para recobrar la libertad.

Me acordaba de haber visto a los ilusionistas deshacerse de sus ataduras al retorcerse y arrastrarse sobre el suelo; en vano intenté imitarlos, pero era imposible aflojar la cuerda. Sin embargo fui a rodar sobre un montón de cáscaras de moluscos... sin duda alguna, los desperdicios dejados por gentes que habían ido allí para darse un banquete con aquellos moluscos.

Una idea brotó en mi mente. Con las manos atadas a la espalda conseguí coger una cáscara, di varias vueltas sobre mí mismo, de la arena hasta las rocas, y acabé por descubrir un estrecha grieta en la cual deslicé la cáscara. Froté la cuerda sobre su borde afilado, pero al hacerlo con demasiada fuerza, quebré el nácar, muy frágil. Rodando de nuevo sobre mí, volví al montón de cáscaras y cogí tantas como mis manos podían contener. Rompí aún un cierto número de ellas, me corté varias veces y sufrí rampas en las piernas debido a mi posición insoportable y a mis esfuerzos agotadores.

Atenazado por el dolor, me concedí un momento de descanso cuando oí una voz familiar. Era Charley, que me estaba buscando. Como la mordaza me impedía responder, tuve que aguantarme y permanecer allí tendido, furioso por mi impotencia, mientras él pasaba a remo ante la isla. Pronto el ruido de su voz se perdió en la lejanía.

Me puse de nuevo a cortar mis ataduras y a la media hora la cuerda cedió. Una vez con las manos libres, el resto no fue más que un juego de niños: en pocos minutos liberé mis piernas y retiré la mordaza de mi boca. Seguidamente di la vuelta a la isla para asegurarme de que me encontraba sobre un islote y no sobre una parte del continente.

No había duda: se trataba de un islote del archipiélago Marín, adornado con una franja de arena y rodeado por un mar de barro. No podía hacer más que tener paciencia hasta la salida del sol y moverme un poco para conservar un poco de calor en mis miembros; aquella noche californiana era, en efecto helada, con el viento necesario para atravesar la piel y llenar de escalofríos.

Con el fin de activar mi circulación, di unas quince vueltas corriendo alrededor de la isla y subí a su cresta rocosa, lo cual, en seguida me di cuenta, me prestó un servicio más precioso aún que el de conservar el calor de mi cuerpo. En medio de aquel ejercicio tuve curiosidad por saber si no había dejado caer nada de mis bolsillos al rodar sobre la arena. Constaté la ausencia de mi revólver y de mi cuchillo. Pañuelo Amarillo se había apoderado de lo primero, pero con toda seguridad había perdido el cuchillo en la arena.

Mientras buscaba ese objeto, un ruido de remos sobre los escálamos llegó hasta mis oídos. Al principio pensé en Charley, pero, reflexionando, me pareció que me habría llamado al acercarse a la orilla. Tuve una repentina premonición de peligro.

Las islas Marín están aisladas y las visitas nocturnas constituyen una excepción. ¿Era Pañuelo Amarillo? El ruido de los remos sobre los escálamos se percibía cada vez con más claridad. Me tendí sobre la arena y presté atención. El barco, un bote ligero, a juzgar por la rápida cadencia de los remos, atracó a una cincuentena de metros de donde estaba, sobre el barro. Oí una tos ronca y mi corazón estuvo a punto de dejar de latir. ¡Era Pañuelo Amarillo! Frustrado en su deseo de venganza por sus compañeros timoratos, había escapado del pueblo y volvía solo para llevar a cabo sus propósitos criminales.

Mi cerebro trabajó rápidamente: sin arma ni defensa, abandonado sobre un islote minúsculo, estaba a merced de un bandido de piel amarilla, al cual temía y no sin razón. Cualquier otro lugar que no fuera esta isla ofrecía más seguridad. Instintivamente me volví hacia el agua, o más bien hacia el barro. Mientras el chino alcanzaba la arena chapoteando en el fango, yo también chapoteé, pero en sentido contrario, siguiendo las huellas dejadas por los chinos al depositarme en la arena y volver al junco.

Pañuelo Amarillo, creyéndome aún atado y amordazado, no tomó ninguna precaución para ocultar su llegada. Protegido por el ruido de sus pasos, recorrí silenciosamente una veintena de metros antes de que él llegara a la arena. Me tendí entonces en el barro helado, lleno de escalofríos, pero no me atrevía a levantarme, temiendo ser descubierto por la mirada penetrante del chino.

Éste siguió por la arena hasta el lugar donde me había dejado en su primer viaje. Sentí con toda mi alma no poder ser testigo del desengaño de aquel tipo al no encontrarme allí... Pero este sentimiento fue muy pasajero, ya que el frío me hacía castañetear los dientes.

A continuación apenas distinguí los movimientos de Pañuelo Amarillo bajo la débil claridad estelar. Su primera idea fue, por supuesto, dar la vuelta a la isla para averiguar si algún barco había atracado.

Al no descubrir nuevas huellas en el barro, y convencido de que ningún barco había venido en mi busca, se inquietó por saber qué había sido de mí. A partir del montón de cáscaras de peines escrutó la arena, a la luz de la llama de las cerillas. En aquellos momentos distinguí limpiamente su cara repulsiva y, cuando el azufre de las cerillas irritaba sus pulmones y le provocaba la tos, confieso haber temblado más fuerte que nunca sobre mi lecho de barro.

La multitud de huellas dejadas por mis zapatos no dejó de intrigarle. La idea de que debía estar descansando sobre el barro debió venirle a la cabeza, ya que dio algunos pasos en mi dirección e, inclinado hacia adelante, escrutó largamente la superficie sombría. Se hallaba apenas a diez metros de mí; si hubiera encendido una cerilla me habría descubierto con toda seguridad.

Volvió a la playa y subió a la parte rocosa del islote,

buscándome a la claridad de las cerillas encendidas. Acababa de escapar por los pelos, pero el temor me hostigaba y creí que sería mejor cambiar de sitio. No me atrevía a ponerme de pie debido al ruido de succión producido por el barro, por lo tanto no abandoné la posición horizontal y avancé a cuatro patas siguiendo las huellas marcadas por las botas de los chinos. Así llegué al borde del agua. Una vez allí, caminé hasta una profundidad de un metro y seguí una línea paralela a la orilla.

Al principio tuve la intención de huir en el bote de Pañuelo Amarillo, pero en aquel mismo momento, como si sospechara la ejecución del proyecto que acababa de surgir en mi cerebro, él bajó a la orilla y, con su paso pesado, se aventuró en el barro para asegurarse de que su barco seguía todavía en el mismo sitio.

Aquella vez me alejé en dirección opuesta. Medio nadando, medio caminando, con la cabeza emergiendo de la superficie, me esforzaba por reducir al mínimo el ruido de mis movimientos y conseguí cubrir así una cincuentena de metros. Luego salí del agua y me eché sobre el barro.

Pañuelo Amarillo volvió una vez más a la playa, se puso a explorar la isla y volvió al montón de cáscaras. Yo sabía tan bien como él lo que pasaba por su cabeza. Las únicas huellas visibles venían de su bote y del lugar donde había atracado el junco. Yo no me encontraba en la isla: debía haber huido por alguna de aquellas dos pistas. Después de haber recorrido la que llevaba a su bote, persuadido de que no me había puesto a salvo por aquel lado, empezó a estudiar la segunda pista paso a paso, encendiendo cerillas.

Al llegar al lugar donde me había tendido al principio, encendió más cerillas y se detuvo un momento. Acababa de descubrir la huella dejada por mi cuerpo; siguió mis huellas hasta el agua, pero bajo un metro de líquido le era imposible distinguir nada.

Por otra parte, como la marea continuaba bajando, descubrió fácilmente el surco dejado por la proa del junco. Si otro barco hubiera atracado en aquel lugar, habría visto igualmente las huellas; pero como no existían, esta vez Pañuelo Amarillo estaba absolutamente convencido de que me ocultaba en alguna parte en el barro. Buscar a un chiquillo en aquel mar de barro en una noche oscura era como buscar una aguja en un pajar; el chino renunció a su proyecto.

Volvió a la playa y aún anduvo durante algunos instantes. Yo esperaba que no tardase en abandonar la isla, ya que sentía un frío horrible. Por fin volvió al bote y se alejó. ¿Y si la partida de Pañuelo Amarillo fuera fingida? ¿Y si actuaba así sólo para incitarme a volver a la playa?

Aquella suposición me pareció plausible después de todo. Pañuelo Amarillo había hecho más ruido con los remos del necesario. Por lo tanto, seguí sin moverme y aterido sobre el barro. Tiritaba hasta tal punto que los músculos de la espalda me causaban tanto dolor como el mismo frío. Tuve que recurrir a toda mi fuerza de voluntad para no abandonar aquella posición inaguantable.

Hice bien al no moverme. Una hora más tarde aproximadamente vi una forma que se movía sobre la playa. Intenté identificarla: pronto mis oídos percibieron una tos ronca demasiado familiar. Pañuelo Amarillo había atracado al otro lado de la isla, rodeándola para intentar sorprenderme.

Después las horas transcurrieron sin que el tipo aquel volviera a dar señales de vida. Yo aún vacilaba en levantarme de mi lecho de barro para volver a la playa. Por otro lado, temía morir si permanecía por más tiempo en aquella lastimosa postura. Nunca me hubiera creído capaz de soportar una prueba semejante. Tenía tanto frío que ya ni siquiera temblaba, pero un dolor atroz me producía tirones en los músculos y los huesos.

Después de un tiempo la marea volvía a subir de nuevo y, poco a poco, me empujaba hacia la playa. La mar plana de la marea alta se produjo a las tres, y en aquel momento me levanté sobre la arena, más muerto que vivo y demasiado débil para oponerle ninguna resistencia a Pañuelo Amarillo si hubiera caído sobre mí.

Pero el chino no volvió a aparecer. Había abandonado la partida, volviendo a la Punta Pedro. Me hallaba en un estado lamentable, por no decir grave, incapaz de tenerme en pie, y menos aún de caminar. Las ropas llenas de barro y viscosas se me pegaban como capas de hielo. Creía que no me las podría sacar nunca. Mis dedos estaban tan entumecidos y torpes que me pareció tardar una hora para sacarme los zapatos: no tenía fuerza para deshacer los cordones de piel de marsopa y los nudos constituían un verdadero desafío para mí. Golpeé mis manos contra las rocas para intentar devolverles la circulación. Hubo un momento en que creí que había llegado mi hora.

Por fin —después de parecerme que habían transcurrido varios siglos— me despojé de la última de mis prendas. Entonces el agua estaba muy cerca de mí y me tiré a ella para bañar mi cuerpo lleno de barro. Aún era incapaz de levantarme ni de caminar y temía tener que permanecer tendido allí hasta la eternidad.

No podía más que arrastrarme como un caracol. A costa de mil esfuerzos me arrastré sobre la arena de la playa durante el tiempo que mis fuerzas me lo permitieron. En el momento en que la aurora palidecía por el este, abandoné la lucha. El cielo teñido de rosa y el borde dorado del sol emergiendo sobre el horizonte me encontraron desamparado e inerte en medio de las cáscaras vacías.

Como en un sueño, vi la vela familiar del *Reindeer* que salía del canal de San Rafael impulsado por una ligera brisa matinal. Aquella visión está rodeada de algunas lagunas y detalles que se me escapan totalmente. Sin embargo, guardo el recuerdo muy claro de tres cosas: la aparición de la vela mayor del *Reindeer*, el amarre del barco a un centenar de metros y un bote que desatracaba, la estufa roja de la cabina donde estaba envuelto en mantas, el pecho y los hombros desnudos masajeados por las manos enérgicas de Charley, y la boca y la garganta quemándome por el café demasiado caliente que Neil Partington me hacía beber.

A pesar de lo caliente que estaba, os aseguro que aquel café lo encontré excelente. Antes de llegar a Oakland, había recuperado toda mi fuerza y mi agilidad... Charley y Partington temían que hubiese pillado una pulmonía. Por lo tanto, durante mis primeros seis meses de estudios la señora Partington me rodeó de atenciones maternales, temiendo ver aparecer los primeros síntomas de una enfermedad de pecho.

Los años pasan. Sin embargo, me parece que aún ayer era un chiquillo de 16 años enrolado en la Patrulla Pesquera.

Esta misma mañana he llegado de China, tras una rápida travesía a bordo de mi bergantín *Harvestar*. Mañana iré a Oakland para ver a Neil Partington, a su mujer y a su familia; después iré a Benicia a estrechar la mano de Charley Le Grant y a recordar con él los buenos viejos tiempos.

EPÍLOGO
Verdad y ficción en LA PATRULLA PESQUERA

PIEDMONT (California), 9 de marzo de 1903.

Al redactor jefe
del Youth's Companion

Estimado señor,

Tengo en mis manos su carta fechada el 4 de marzo, en la que me pregunta cómo fueron redactadas las historias de LA PATRULLA PESQUERA.

Creo útil precisar, antes que nada, que conozco perfectamente el tema del que estoy hablando, puesto que formé parte durante cierto tiempo, a mis quince o dieciséis años, cuando era muy joven, de una flotilla de saqueadores de bancos de ostras. Mi barco, el *Razzle Dazzle*, era precisamente uno de los saqueadores y, con el resto de la flota, cuya tripulación estaba formada por adultos, en su mayoría antiguos presidiarios, he pirateado bancos de ostras a esa misma edad, primero en mi barco y, tras su naufragio, en otro balandro, el *Reindeer*, que compartía con Nelson —este último cayó muerto poco después por la policía en Benicia, a bordo de otro balandro del que era, en aquella época, el capitán.

---

[1] Esto debe situarse hacia 1893, cuando Jack London se embarcó como marino en el velero *Sophie Sutherlando*.

De hecho, el saqueo del parque de ostras que he descrito en una de estas historias es el relato casi idéntico de un saqueo verdadero. Habían situado guardianes en los parques de ostras durante la marea baja y los habían dejado allí, completamente solos, sin ninguna barca. Cuando los saqueadores de ostras llegaron con sus pequeñas embarcaciones, dejaron que éstas flotaran a la deriva y obligaron a los dos hombres de la patrulla a saltar al agua, sin ocasionarles sin embargo ningún daño. La única diferencia con la realidad es que esa incursión fue coronada con éxito y que ninguno de los saqueadores fue apresado.

Más tarde, el citado Nelson y yo nos dirigimos hacia Benicia con un cargamento de ostras. Fuimos abordados por uno de los hombres de la Patrulla Pesquera, el cual nos hizo una proposición que retuvo toda nuestra atención. Algunos meses después, Nelson y yo tomamos parte muy activa en las batidas contra los pescadores ilegales. El modo en que capturamos la gran flota china de pescadores de gambas está descrita en la primera historia, «Pañuelo Amarillo». Es una relación muy fiel de lo que sucedió realmente, e incluso lo de la negativa por parte de los chinos a achicar el *Reindeer*, hasta que casi se fue a pique, es verídico.

Alec el Fuerte, «El rey de los Griegos», en la historia que lleva ese título, ha existido realmente; ni siquiera me tomé la molestia de cambiar su nombre y su apodo. Tenía en su haber cierto número de hombres a los que había hecho pasar a mejor vida personalmente, pero con la ayuda de los griegos y algo de dinero, siempre había conseguido salir bien librado. Un día llegó a Benicia en su barco y vino a prevenirnos, a Charley y a mí, acerca de su intención de ir a pescar esturiones en la cala del depósito naval de Turner, pero su reputación era tal que le permitimos hacerlo, en lugar de capturarlo, como he escrito en mi historia. Más tarde, Alec el Fuerte (en esa época yo estaba en Japón)[1] mató a dos marinos en circunstancias particularmente dramáticas, escapó a las autoridades y desapareció definitivamente. Esto es lo que sucedió: había existido siempre un odio mortal entre dos marinos ingleses (desertores) y Alec el Fuerte, y todo el mundo estaba al corriente de ese odio.

Una vez, en pleno día, la gente que se encontraba en el muelle de Martínez pudo ver a Alec el Fuerte navegar en una dirección y a los otros dos marinos ir directos hacia él con su embarcación. El lugar en el que los dos barcos debieran lógicamente cruzarse, estaba oculto a los espectadores del muelle porque un junco encallado allí por casualidad impedía la visión. Todo el mundo vio perfectamente a ambas embarcaciones desaparecer tras el junco y, trás un momento, reaparecer a Alec el Fuerte, solo en su barca, y continuar el camino como si nada hubiera sucedido. Se esperaba, naturalmente, ver aparecer el barco de los dos marinos, pero fue en vano: en el corto lapso de tiempo en el que habían estado ocultos por el junco, Alec el Fuerte había matado a los dos hombres, hundido su embarcación y proseguido su ruta como si nada hubiera sucedido. Charley me dio todos esos detalles acerca de dicho asunto a mi regreso del Japón. Habían dragado el lugar y, finalmente, habían localizado el barco desfondado y a sus dos ocupantes muertos.

«El sitio de *Lancashire Queen*» es una amalgama de diversas historias auténticas. Charley y yo, a bordo de un salmonero capturado a los griegos de Vallejo, arribamos al lugar donde se encontraban los dos hombres que se dedicaban a la pesca del esturión, les perseguimos y al fin lograron escapar poniéndose bajo la protección del capitán de un junco. De modo que los abandonamos, mientras que en mi relato digo todo lo contrario. Pero habíamos capturado a un montón de pescadores en aquellas mismas aguas, por el mismo motivo, a pesar de que iban en embarcaciones mucho más rápidas que las nuestras. Les dejábamos pasar delante y, cuando retornaban a tierra, abandonaban las redes con no menos de un millar de esturiones enganchados en los anzuelos. Cuando venían a reclamar sus redes no teníamos más que detenerlos y declararlos culpables.

«La estrategia de Charley» es un relato de pura imaginación, pero que se basa en un antiguo truco de los pescadores: remolcaban sus redes hasta el agua y se marchaban. Cuando la Patrulla Pesquera llegaba para confiscar las redes, las arrastraban encima de la orilla.

«Demetrios Contos» es una ficción que supera de lejos a la realidad. Porque en la realidad, Demetrios no habría podido pura y simplemente dejar que me ahogara. Pero el orgullo de navegar en una embarcación rápida y la reputación de la Patrulla Pesquera es ciertamente tal y como se ostenta en la vida real.

«El regreso de Pañuelo Amarillo» también es una ficción, al menos cuando escribo que me persiguió hasta tierra firme. Pero, desde luego, le atrapé «por el timón», le remolqué y estuvo prisionero hasta no llegar a la cala de San Rafael.

Pañuelo Amarillo, en la realidad, no pudo escapar y fue llevado a prisión con todo su grupo.

He descrito la historia de los años 1891 y 1892 en la bahía de San Francisco y las orillas de los alrededores. Los pescadores formaban en aquella época una maldita banda y serán siempre una maldita banda. Los saqueadores de ostras no existen actualmente, pero los camaroneros chinos siguen estando allí, fuertemente respaldados por las todo-poderosas «Siete Compañías», que reclutan para ellos a los mejores elementos y contrarrestan eficazmente todos nuestros esfuerzos para inculparlos, haciendo que los sumarios se pierdan de tribunal en tribunal y actuando con habilidad frente a los lamentables abogados encargados de defender nuestras demandas.

Tampoco hay los mismos tiroteos y trifulcas entre griegos e italianos, porque se ha aplicado con todo rigor el peso de la ley, si bien, tal y como he explicado, todavía quedan algunos exaltados. George, uno de los patrulleros más cobardes y del que he hablado en mi primer relato, ha sido apuñalado, después de mi salida de la Patrulla Pesquera, por un griego especialmente vengativo. En aquella época se depositaba el cuerpo de los pescadores muertos en las redes y se organizaban batallas en toda regla, como la que tuvo lugar en torno al barco de Alec el Fuerte.

Es exacto que Charley, otros tres hombres y yo corrimos hasta perder el resuello por el muelle Martínez para salvar nuestra vida, perseguidos por una horda vociferante de pescadores, a causa de que acabábamos de prender a dos de los suyos. Escapamos de ellos en nuestro salmonero y, más tarde, cuando tuvo lugar el juicio, estuvimos presentes en la sala, protegidos por un numeroso contingente de hombres dispuestos a pelear en caso de problemas. Pero el juicio fue una farsa. Martínez era, mayoritariamente, un puerto de pesca, e innumerables pescadores fueron acusados por nuestros servicios. Pero un inconmovible jurado de pescadores se oponía a nosotros, hasta el punto de que determinaban el veredicto de «no culpable» sin ni siquiera levantarse de sus asientos, a pesar de que, tal y como he relatado, los acusados habían sido sorprendidos con las manos en la masa.

Así, pues, puedo prestar un testimonio válido acerca de las condiciones que eran el destino común de los pescadores hace diez años o más, y le agradecería que me enviara cuantas preguntas se refieran al tema que me concierne. Ciertamente, con todo lo que está haciendo para dar a conocer mi obra en el Este, pienso que la guerra de los saqueadores de ostras de Chesapeake no debe ser olvidada.

Atentamente,

Jack London

ÍNDICE

Títulos publicados

La Patrulla Pesquera
Jack London
Ediciones en castellano y catalán
120 págs.; ISBN 978-84-15340-23-2

Cuentos de Bagdad
Glòria Arimon
Ediciones en castellano, catalán, euskera, castellano-árabe, catalán-árabe, euskera-árabe e inglés-árabe
106 págs.; ISBN 978-84-86684-65-5

Moby Dick
Herman Melville
Adaptación de Josep Lorman
Ediciones en castellano y catalán
142 págs.; ISBN 978-84-15004-99-8

Drácula
Bram Stoker
Adaptación de Emili Olcina
Ediciones en castellano y catalán
182 pàgs.; ISBN 978-84-92442-18-8

Hoy me ha pasado algo muy bestia
Daniel Estorach
14,5 x 21 cm.; 238 págs.
Ediciones en catalán y castellano
ISBN 978-84-15004-37-0

Tirant lo Blanc
Joanot Martorell
Adaptación de Josep Lorman
Ediciones en catalán y castellano
7 volúmenes, 128 págs.
ISBN 978-84-92442-79-9

Barcelona, la ciudad de los jardines con chimenea

Joan de Déu Prats
Ediciones en castellano y catalán
108 págs.; ISBN 84-86684-49-8

Los casos del inspector Hormiga

Joan de Déu Prats
118 págs.; ISBN 84-86684-50-1

La Rambla de Barcelona

Joan de Déu Prats,
Pilarín Bayés
Ediciones en catalán, castellano
e inglés
24 x 17 cm.; 64 págs.
ISBN 978-84-15340-22-5

www.ingramcontent.com/pod-product-compliance
Lightning Source LLC
LaVergne TN
LVHW010631200726
843507LV00011B/1670